19/20卷

江户川乱步青年侦探全集

钟塔的秘密

【時計塔の秘密】

[日]江户川乱步（えどがわ らんぽ）◎著

叶荣鼎◎译

時代文藝出版社

图书在版编目（CIP）数据

江户川乱步青年侦探全集. 19，钟塔的秘密 /（日）江户川乱步著；叶荣鼎译．—长春：时代文艺出版社，2016.6

ISBN 978-7-5387-5234-2

Ⅰ.①江… Ⅱ.①江… ②叶… Ⅲ.①侦探小说－日本－现代 Ⅳ.①I313.45

中国版本图书馆CIP数据核字（2016）第111057号

出 品 人　陈　琛
产品总监　郭力家
责任编辑　刘瑀婷
　　　　　闫松莹
装帧设计　黄　龙
排版制作　隋淑凤

江户川乱步青年侦探全集 19

钟塔的秘密

[日] 江户川乱步 著　叶荣鼎 译

出版发行 / 时代文艺出版社
地址 / 长春市泰来街1825号 时代文艺出版社 邮编 / 130011
总编办 / 0431-86012927 发行部 / 0431-86012957 北京开发部 / 010-63108163
官方微博 / weibo.com / tlapress 天猫旗舰店 / sdwycbsgf.tmall.com
印刷 / 三河市万龙印装有限公司
开本 / 640mm × 910mm 1 / 16 字数 / 133千字 印张 / 12.25
版次 / 2016年6月第1版 印次 / 2016年6月第1次印刷 定价 / 20.00元

图书如有印装错误 请寄回印厂调换

出版说明

江户川乱步本名平井太郎，1894年10月21日生于日本三重县名张市，是日本著名的推理作家、评论家，“本格派”推理的创始人，被誉为“日本侦探推理小说之父”。

1923年，他在《新青年》杂志上发表本格推理处女作《二钱铜币》（收录于全集11卷中）轰动文坛，奠定了日本侦探小说的基础，同时也引领了日本推理小说的创作风潮。

“本格”是日语词，有“正规、正统”之意。所谓“本格推理”是指推理者从谜案中搜寻蛛丝马迹，经过严密的逻辑推理，解开谜案疑点，拨云见日、找出真凶的过程。所以，在“本格推理”的世界中有两个要素不可或缺：一是难解的谜案（如密室杀人），二是逻辑严密的推理。这也是本格推理最大的魅力所在，因为谜案难解，才好奇；因为推理刺激，才痛快！

我们出版的“青年侦探全集”（全20卷），共包含23篇本格推理故事，情节扑朔迷离，悬念强烈，既充满诡谲的气氛，又有着环环相扣的严密推理。案情往往在看似山穷水尽之时峰回路转，出人意料又合情合理，令人拍案叫绝。其主角明智小五郎是江户川乱步成功塑造出的日本第一位名侦探，在日本家喻户晓，被称作“日本的福尔摩斯”。密室杀人案、死亡倒计时牌、钟楼里的秘密、五重塔的诅咒……不同于传统侦探故事中主角的开挂式超能，乱步笔下的大侦探在与凶手的博弈中，有时也会犯错误，甚至在交锋中败下阵来。但也正因如此，才使得明智小五郎的形象更为真实丰满，让金属般棱角分明的推理故事中多了一丝有血有肉的真情感。

该全集内容由著名日本文学翻译家叶荣鼎先生，历时八年翻译而成，不仅再现了一代推理大师的作品原貌，更注入了翻译家对大师的崇敬之情。相较于市面上现有的其他译本，叶荣鼎先生的译文文本规范、文字精当、情节紧凑、故事性强，适合各年龄段的读者阅读和收藏。

此外，还有专门为本套图书绘制的精美插图，穿插在故事中，凸现案件发展的关键节点。诚邀爱好侦探推理的朋友，跟随大师的妙笔一起畅游本格推理的世界。随着侦探与凶手视角的转换，一窥善恶。读罢小说，回归现实，你既不是机关算尽的凶手，也不是明察秋毫的神探，周遭的一切皆毫发无伤，但是你却收获了阅读应有的快乐。

时代文艺出版社

目　录
コンテンツ

幽　灵 | 001
美　女 | 007
使　命 | 015
钥　匙 | 023
猛　兽 | 028
诡　计 | 034
相　会 | 041
滴　血 | 047
包　裹 | 051
消　失 | 055
搜　查 | 059

尸 体 | 063
跟 踪 | 068
蜘 蛛 | 073
调 查 | 077
窟 窿 | 085
巧 遇 | 093
交 易 | 106
蜡 脸 | 115
追 捕 | 121
私 欲 | 125
烛 光 | 130
钟 声 | 137
闪 电 | 144

迷 宫 | 152

喜 悦 | 158

惨 景 | 167

使 命 | 172

交 代 | 176

揭 晓 | 182

幽　　灵

这是一个微暖的春日，天空阴沉沉的，四周显得非常冷清。夹在野地里的一条小路上，一个年轻小伙子正走得汗流浃背，额头上冒着热气。

这一带是长崎县大山中间的穷乡僻壤，处在深山里山脚下，距离K小镇三公里左右。

年轻小伙子名叫北川光雄。他今天按照叔叔的吩咐，特地从长崎市跋山涉水赶来这里。

由于这里的农家都是分散居住，房屋东一幢西一幢的。每一幢住宅周围，都被茂密的绿色树林包裹得几乎密不透风。

北川光雄穿过一个又一个像这样的小村庄后，眼前终于出现了他的此行目的地——钟塔别墅。

“这大概就是钟塔别墅吧？”

北川光雄情不禁地停住脚步，抬起脸打量这幢建筑。白色的天空，巍峨的群山，绿色的树林……乍一看，给人一种难以言喻的神秘感。

古老的钟塔拔地而起，仿佛妖怪耸立在高高的天空中，犹如梦境里的情景。

这幢三层楼西洋别墅，是荷兰古代建筑风格，显得十分高大。外表原本是清一色的白墙，经岁月的洗礼成了鼠灰色，有许多地方已经脱落，斑斑驳驳。

无数的斑驳和脱落点酷似许许多多的眼睛，隔着茂密的树林草丛朝外张望。

别墅的三层屋顶上矗立着方形钟塔，仿佛一尊盘腿坐在屋顶上的佛像，而大面积的白色钟面，宛如佛像的眼睛。

远看，别墅顶上似乎坐着盘腿的独眼巨人，正全神贯注地紧盯着北川光雄。

叔叔也真是个古里古怪的人，居然买如此可怕的别墅居住。

北川光雄心里直犯嘀咕。

北川光雄的叔叔叫儿玉丈太郎，原本不是普通市民，一直是长崎法院的法官，最近刚退休，却花钱买下这幢长时间没人敢买的鬼怪别墅，而且连周围的地皮也一起买了下来。

这片土地很久以前是儿玉丈太郎祖先的，所以别墅持有者的出售价格也格外优惠。儿玉丈太郎买下这幢据说经常有幽灵出现的鬼怪建筑，还打算安家并在这里长期居住。

北川光雄现在是按叔叔的吩咐，打头阵来看一下这幢别墅，目的是准备改建。

这幢别墅的原来主人，名叫渡海屋市郎兵卫，在德川时代末期，是九州地区数一数二的大富翁。

此人非常喜欢机械，这种兴趣在当时十分罕见，他尤其对钟表更是情有独钟，于是萌发了建造别出心裁、独具一格的钟塔别墅的念头。

做出这一决定后，渡海屋市郎兵卫立刻找到在长崎的英国人，委托他从英国购买机械和相关材料运到日本，自己则呕心沥血，精心设计。终于，建成了这座钟塔别墅。

不料，就在这幢钟塔别墅落成的同时，渡海屋市郎兵卫却突然失踪，家人打那以后也不断地遭遇各种不测。最终，方圆百里无人不知的大富翁家族走向没落，穷困潦倒。

那么，大富翁渡海屋市郎兵卫为什么会下落不明呢？简直让人不可思议。

有关这一情况，这一带有骇人听闻的传说。

渡海屋市郎兵卫之所以选择在这里建造住宅长期居住，是有着很深奥秘的。

据说，他建造这幢壁垒森严的大别墅的目的，是为了隐藏拥有的稀世珍宝。从表面上看，他似乎给人一种对钟塔喜欢得着了迷的感觉，其实这只不过是为了遮人耳目投下的烟幕弹而已。

在这幢别墅里，他建造了一个秘密洞穴。除他本人外，任何人都不知道这一绝密，更不可能找到洞穴。

当时的日本正处在明治维新来临前的不稳定时期，那些大富翁为保住自己拥有的财产不被抢夺，挖空心思把金银财宝藏在秘密场所里。

渡海屋市郎兵卫也想了这样的办法，不用说也是处心积虑，绞尽了脑汁。

他把只有他一个人知道的财宝搬运到密室隐藏起来，可出来的时候，由于通向秘密出入口的路线太复杂，以至于自己也迷失了方向而被困在秘密洞窟里。

垂死挣扎的他，多么希望有人把自己从洞窟里救出去。可除了他本人之外，没有第二个人知晓秘密洞窟在哪里。

“救命！”

他声嘶力竭地喊叫，可这惨叫声传到地面上的时候，只不过像蚊子嗡嗡叫那样，声音轻得难以让人听见。因此，尽管大声叫喊，就是不见有人前去救他。

不过，地上还是有人终于听到他微弱的呼叫声，立刻竭尽全力寻找密室出入口企图救他出来。可找来找去，还是无法找到秘密出入口。喊叫声渐渐地越来越弱，两三天后，呼救声再也听不见了。

最终，渡海屋市郎兵卫因迷路和饥饿被困死在地下洞窟。

打那以后，别墅顶上的这座钟塔，被人们起了一个“幽灵塔”的外号。

有人说，每天夜深人静的时候，渡海屋市郎兵卫的幽灵便出现在别墅里，一边散步一边发出悲伤的声音。

这围绕钟塔的传说，是很久以前流传至今的。

不过，北川光雄的叔叔倒不是为了得到传说里的宝物而购买这幢别墅的。因此，每当听到那样的幽灵传说时，他只是笑笑而已，没把它当一回事。

美　　女

北川光雄站在钟塔别墅破损的围墙前面，抬头仰望。天空的云层越来越厚，光线也随之越来越暗淡。此时此刻，别墅顶上被视为佛像眼睛的白色钟面盘，仿佛独眼龙妖怪一样正在恶狠狠地瞪着北川光雄。

别墅里怎么会有幽灵?

北川光雄根本就不信这世上有幽灵，然而两条腿就是不敢朝里迈一步。他目不转睛地注视着白色钟面盘，一双眼眸也瞪得快要蹦出眼窝了。

锈迹斑斑的时针和分针，却在欢快地行走着。

“奇怪！”那样的幽灵传说，北川光雄不知听过多少回。此时此刻，他感到自己好像产生了幻觉。

他用手揉一下眼睛重新看，可映入眼帘的既不是梦境也不是幻觉。时针和分针，犹如在跳轻快的舞步准确无误地旋转。

启动和关闭大钟的方法，据说只有死去的渡海屋市郎兵卫知道。除他之外没有第二人知道。

自他死后的几十年里，按理说时针和分针不再转动，即便今天，那钟也应该像当时那样永远处在冬眠状态。

北川光雄目光炯炯。

啊，太有意思啦！我怎么可以害怕呢？如果进去之后碰上幽灵，那就堂堂正正地见它一面吧！

北川光雄径直朝别墅正面靠近。大门被他推开了，里面暮色浓浓。

他踮起脚尖，沿着积满灰尘的地上朝前行走，不一会儿找到上楼的楼梯。好，去钟塔机械室看看！

他振作一下精神，开始爬楼梯。当爬至三楼时，楼梯没有了，取而代之的是长长的走廊。为寻找去钟塔的楼梯，他瞪大两眼在走廊上摸索。

咦，这地方居然有房间！

走廊尽头有一个房间，门敞开，黑洞洞的。

他不经意地朝里看了一眼，猛地往后连连退了几步。漆黑的房间里，有白乎乎的东西摇摇晃晃地飘浮着。

刹那间，他的脑海里立刻回忆起曾经听说过的那起骇人听闻的事件，准备拔腿逃离这可怕的幽灵别墅。

论起充满恐怖的事件……并不是古老的传说，而是真实的事情，已经过去整整六个年头，发生的现场就在这里。

当时，这幢被称为幽灵塔的钟塔别墅，辗转到了一个叫铁老太的手里，成了她的财产。

铁老太叫冈村悦子，十分贪财，年轻时当过渡海屋市郎兵卫的女用人。后来，渡海屋市郎兵卫的家族破落后，铁老太便把这幢别墅占为己有，与养女住在这里。

“铁老太利欲熏心，肯定是想在有生之年的某一天找到秘密洞窟，将宝物据为己有。”

附近的人们都这样猜测。

然而在六年前的一天，铁老太被自己的养女杀害了。据说她在垂死挣扎反抗时，咬下了凶手养女手臂上的肉，嘴角周围沾满了鲜血倒地身亡。

事件发生后，传说这座幽灵塔里不仅有渡海屋市郎兵卫的幽灵，还增加了铁老太的幽灵。

还有人说，铁老太是在三楼塔下房间里遭到杀害的，因此，即便现在进入那房间，还会看见满脸是血的铁老太，坐在床上，嘴里叼着人肉，随即摇晃着从床上滚到地面。

北川光雄望着黑暗里飘浮着的白色东西，猛然想起铁老太幽灵也在钟塔别墅里的传说。

他不由得停住脚步，使尽全身气力大声喝道：“谁？谁在那里？”

可是，白色飘浮物竟然发出“咯咯咯”清脆的笑声。

“是我呀！让你受惊了，对不起。”

白色幽灵的声音像年轻姑娘，柔声柔气地回答。

北川光雄吓得浑身颤抖，目瞪口呆，可他还是勇敢地迈开脚步朝黑暗的房间里走去，推开生锈的铁窗。

“啊，谢谢你为我打开那扇窗！我也想打开，可费了很大的劲儿，结果都是徒劳。”

北川光雄借助从窗外射入房间的自然光线，环视终于可以看清楚的房间四周。只见刚才发出声音的白色幽灵，此刻正坐在床上。

啊，太漂亮了！简直是绝世佳人！这不会是幽灵吧！北川光雄惊呆了。他自打娘胎出来，还从未见过这般仙女模样的脸蛋。无论眼睛、鼻子和嘴巴，都如同画里的美女，几乎没有什么可挑剔的地方。

美女年龄约二十四五岁，身着高级面料制作的上等衣物，爽朗地笑着。

这真是人的脸蛋吧！如果不是，那肯定是做工细腻能以假乱真的面具！

北川光雄在琢磨美女的时候，脑海里猛然闪出一种奇怪的念头。

“刚才，钟的转动是你开启的吧？”

“嗯，是的，是我开启的。”美女笑着答道。

果然不是面具！如果是面具，笑的时候，脸不可能像一朵花。

“你为什么要来这里让钟转动呢？”

“嗯，那开启钟的方法没有其他人知道……我是经过自己潜心揣摩而掌握的。今天来这里，是想教新的业主掌握钟的启动方法……”

美女的回答令人不可思议。像这么年轻的女子，不仅独自

一人研究幽灵塔钟的启动方法，还真让几十年不能转动的钟表重新转动。这太让人感到不可思议了。

“那请你教教我好吗？”

“我猜，你大概不是这家的业主吧？我希望直接教会这家的真正业主。”

“嗯，这别墅是我叔叔买下的。我这次来，是按他的吩咐先来看一下房子。因为，我叔叔打算在入住前改建。所以我想，你教我和教业主都是一码事。”

“哦，对不起，我想还是直接教这幢别墅的主人吧！”

“那也好……请问，你和这幢别墅有什么关系吗？”

“没有，”突然，美女的脸上掠过一丝僵硬的表情，“我只是看看而已，对不起，失陪了！”

美女恭恭敬敬地行礼后，转眼间一阵风似的离开房间走了。

“好，你失陪，我可不能失陪，我要悄悄地跟踪你！”北川光雄打定主意，赶紧尾随上去。

美女似乎不知道身后有“尾巴”，一走下光线暗淡的楼梯，也不朝后面看一眼，离开别墅朝村庄方向走去。

距离幽灵塔的钟楼别墅二百米左右的地方，有一座高度不低的山丘，那里是附近村庄的共同墓地。

美女爬上山丘，在一座不大的墓碑前蹲下。

姓名　和田杏子

昭和七年十月三日殁

享年二十二岁

尾随跟踪的北川光雄，站在不远的地方朝碑文看了一眼。

和田杏了！是的，是那个……女人！

六年前，据说就是这个叫和田杏子的养女杀害了铁老太。而北川光雄能记起这一姓名是有原因的。

当时，审理那起凶杀案的法官，便是担任法院院长兼法官的儿玉丈太郎，也就是他的叔叔。

和田杏子被判了无期徒刑，送到监狱后据说只服了四年役便死了。可眼前这位漂亮的女人为什么要来和田杏子的墓地呢？

北川光雄从大树背后呼地闪出，大声问道："喂，这是你死去的女朋友的墓地吗？"

"不是的，不是我的朋友。"

美女好像稍稍吃了一惊，但并没有发怒，回答时语气显得十分镇定。

"那，你为什么要蹲在这座墓碑前面？"

"那原因嘛……你总有一天会明白的。"

美女脸上的表情，似乎坚信自己刚才说的有朝一日会实现。

这时，北川光雄突然注意起美女的那双手，已经不是寒冷季节了，可她却戴着一副淡颜色的长手套。

春天戴长手套，其本身就与季节很不相符。而戴着厚而长的手套，更让人觉得奇怪。看来，美女的手套里肯定藏着什么。

北川光雄思索了好一会儿，忽见美女腾地站起身来迈开脚步走了。他慌忙喊住她："哎，失礼了，你刚才不是说要教主人大钟的启动方法吗？请问你叫什么名字……我先自报姓名吧！我叫北川光雄。买下这幢别墅的主人叫儿玉丈太郎，是我的叔叔。"

"噢，是那位曾经担任过法院院长的先生吧？我已经知道你的名字。对不起，我叫野末秋子。"

"请问你住哪里？"

"我现在借宿在K町的花屋旅馆里。"

一听说是花屋旅馆，北川光雄顿时喜上眉梢。

"哎呀，太好了，我也住在跟你一样的旅馆里。现在，我们一起回旅馆好吗？"

使　　命

接着，北川光雄和野末秋子肩并肩地迈开步子，沿着长长的乡村公路朝K町走去。

这时，朦朦胧胧的前方出现一团黑不溜秋的大疙瘩，正迅速朝这边靠近。那是一辆轿车。乘坐在车上的两个人，一看见北川光雄赶紧招呼："喂，那不是光雄吗？"

"哟，还真是阿光呢？"

这两个人，一个是北川光雄的叔叔儿玉丈太郎，另一个是叔叔的养女三浦荣子。

叔叔收养了三浦荣子，视她为自己的亲生女儿，三浦荣子从小与北川光雄一起玩耍长大。可这姑娘很有心计，北川光雄实在不喜欢她。

小时候，三浦荣子不管说什么话，总是"咦，咦"地叫唤，还噘起下嘴唇，让北川光雄觉得恶心。

此时此刻，小时候她那个使坏心眼儿耍弄人的表情又浮现在北川光雄的眼前。

哼！阿光什么的，这种称呼是现在这种场合使用的吗？

北川光雄心里气呼呼的。

“光雄，你那伤势怎么样啦？”叔叔儿玉丈太郎急切地问道。

“什么？你说我受伤了。”

“是的，我接到电报吓一跳，赶紧驱车从长崎赶来了。”

北川光雄听叔叔这么一说，猛然觉得自己像被人灌了迷魂汤似的。

“我可没受什么伤，谁说的？”

“送来的电报上写着：‘光雄负伤，请速赶来。’可上面没有发电报人的名字……”

北川光雄更觉得莫名其妙。看来，有人冒用自己的名字发电报，目的是让叔叔来这里。想到这儿，他渐渐不安起来。

“叔叔，我们先返回住宿的地方吧！去邮局调查一下究竟是谁发的电报。”

说这番话的时候，没想到野末秋子已经无影无踪了。北川光雄无可奈何地坐上叔叔的车，朝着K町急驶。

一到K町，他立即去邮局查看电报原稿，只见那张电报纸上的字写得歪歪扭扭，发电报人的名字叫久留须次郎，住址是长崎市。

不用说，具体的路名和号码是胡编的。

“这家伙大概是从长崎来的，没有借宿旅馆，发完电报就走了。还有，拍电报的好像不是本人，是一个穿着邋里邋遢的小伙子。”

受理这份电报的邮局工作人员，还清楚地记得拍电报人的模样。

北川光雄留下自己借宿旅馆的信息，对邮局工作人员说：“如果再遇上那个发电报的人，请他打电话到旅馆。”

说完，赶紧回到旅馆。

走进叔叔的房间，北川光雄立即叙述当天的所见所闻。说到了钟塔，说到了在钟塔别墅里遇到野末秋子，说到了野末秋子知道大钟的启动方法……

“哈哈哈……太有趣了，我想立即见一下野末秋子。”

从叔叔脸上的表情来看，他对野末秋子产生了浓厚兴趣。

北川光雄去野末秋子的房间拜访了她，并邀请她共进晚餐。

“哦，太谢谢了，可我不是一个人来的……”

“那好呀！请那个朋友也一起光临……”

“我那个朋友宠爱猴子，连几分钟时间也不愿意与猴子分开。”

又是一个神秘女子，与野末秋子差不多，还与猴子形影不离。奇怪！

“那也没关系，就请你那朋友带猴子光临吧！”

说完，北川光雄刚要走，被野末秋子喊住，又是一个奇怪的问题。

“你叔叔买下钟塔别墅打算居住，那你也跟着一起居住吗？”

“是的，我从小就跟叔叔在一起，就像叔叔的亲生儿子。因此，我肯定和他一起居住。”

“那，你能不能把今天拜见你的那个三楼房间作为你的卧室？一到晚上，我就去你那里玩好吗？”

北川光雄大吃一惊，忍不住说出了不愿说的可怕事情。

“这房间……不是有人说是铁老太被凶手杀害的地方吗？”

“嘻嘻嘻……怎么，你是不是担心铁老太的幽灵缠着你呀？不要怕，只要有我在，你就大胆地住。”

“我不明白你为什么要这样说？那房间和你有什么关系吗？”

“说到关系嘛，我现在还不能对你说。”

“怎么不能对我说？”

“我有特别使命，而且是从内心发过誓的使命。在没有完成该使命前，我什么也不会说。”

美女野末秋子嘴里一直说着“使命”这两个字，使得北川光雄越发感到不可思议。类似这种单词，按理不应该出自年轻姑娘野末秋子的口中。太不相称了！

不过，北川光雄隐隐约约地感到，使命也许与野末秋子的秘密有什么关系？于是，决定顺水推舟。

“是吗？那好，我不再问什么了，就按你说的办。”

“我还有一个请求，请你无论如何办到。你一旦住进那个房间，可以得到渡海屋市郎兵卫生前一直带在身上的东西，那就是《圣经》。虽说那书已经很陈旧，可如果你仔细研究那本《圣经》的话，就一定能获得意想不到的幸福。”

野末秋子像古时候的预言家那样，说的话越来越玄乎奇妙。

还没有入住，谜就已经一个接一个……这样的谜，究竟还有多少?

吃晚饭的时候，野末秋子果然带着一个奇妙的女子来到叔叔房间。

她叫肥田夏子，又胖又难看，牵着一只用红绳套着的猴子，真是一个怪女子。

就在这时候，令人吃惊的事情发生了。

一看见野末秋子那张脸，叔叔儿玉丈太郎脸色骤变，随即“嗵”的一声倒在地上失去知觉。野末秋子的模样，似乎让叔叔魂飞魄散。

大家见状立即忙着唤醒叔叔。其中最镇静的，当数野末秋子。她丝毫没有慌张的表情，细心照料着儿玉丈太郎。过了好一会儿，叔叔才苏醒过来，恢复了元气。

“对不起，让大家受惊了。只是，你这长相与我以前知道的那个人太像了，所以就成了刚才那般尴尬模样。不过，那女子已经不在这世上了。”

叔叔儿玉丈太郎向野末秋子彬彬有礼地道歉。

北川光雄被叔叔这番话勾起了浓浓的好奇心。

叔叔到底说谁呀?难道叔叔有那模样的熟人吗?

北川光雄没有继续思索这样的疑问。

这时候，只见野末秋子和儿玉丈太郎好像什么也没发生那样，在一起愉快地说笑，聊天。

晚餐结束，儿玉丈太郎终于把话题切入主题，问野末秋子：“听说你知道怎样启动大钟，请问，你怎么会对那座钟有如此浓厚的兴趣？看来，你常去钟塔吧？”

“是的，常去钟塔。不知不觉的，我就发现了钟的秘密。那别墅里还有许多秘密，我想说说，可现在不是时候……以后再找机会说吧！因为，我只想单独对别墅主人说。”

野末秋子把话题移开了，似乎只要有第三个人在场就不能说。

三浦荣子听了这话猛地站起来。她刚才看见叔叔与野末秋子亲昵交谈的模样，就已经满脸不悦，坐立不安。

现在，野末秋子又说这番话，好像激怒了她，于是忍不住大发雷霆：“阿光，我们在这里成了碍手碍脚的人，走吧！我们到别处去。这种人太蛮横无理了！来历不明的女人就是这样……”

“荣子，你说这话太失礼了！”

叔叔和北川光雄同时数落三浦荣子。北川光雄一看见三浦荣子噘着嘴的脸，不由得想起小时候的情形，握紧拳头站起身来。这时，野末秋子抢先站了起来。

她脸上没有愠怒的表情，而是客客气气地鞠躬行礼，一声不吭地回自己房间了。

野末秋子离开后，叔叔和北川光雄一起批评了三浦荣子任性的脾气。

“好哇，你们叔侄俩一起欺负我。告诉你们，我一定设法弄清楚这女人的来历。毫无疑问，她一定掌握了别人的什么隐私。”

三浦荣子的脸上又出现了北川光雄最讨厌的那副模样，她翻着白眼瞪了一眼北川光雄，啪嗒啪嗒地故意弄响脚步声离开了房间。

“叔叔，你刚才为什么那么吃惊？野末秋子到底像谁？”

三浦荣子一离开，北川光雄便提出一直憋在心里的疑问。

“嗯，其实不值得一提。这，你就别再问了好吗？”

叔叔不知为什么把话堵在喉咙里。

北川光雄想起那个跟野末秋子一起来的肥田夏子，觉得那女人阴险狡猾，好像在背地里炮制了什么阴谋。

三浦荣子好长时间没回叔叔的房间。

北川光雄离开叔叔房间出去了。一走下楼梯，便看见三浦荣子和一个服务生站在阴影处说话。

这家伙又在鬼鬼祟祟地打什么坏主意？北川光雄停住脚步，全神贯注地偷听他俩说话。

“杀害铁老太的凶手就是她的养女，名字就叫和田杏子。不过，和田杏子在牢房里死了……”

“除和田杏子外，是不是还有一个年轻女子掌握了塔钟的启动方法？”

“是的，有一个叫赤井叶子的美女伺候过铁老太。由于这情况发生在我们旅馆落成之前，我们只是听说但没亲眼见过那女人。不过，听说她长得婀娜多姿，还去过上海呢！”

“那人年龄有多大？”

这时，北川光雄站的楼梯那里传出吱的响声。

“喂，阿光，你怎么站在楼梯上？大概偷听到我们刚才说的话了吧？野末秋子她好像是伺候过铁老太的那个女用人。”

“你是没事找碴……又在无根无据地乱说别人……”

“你说我没事找碴就没事找碴！反正我要查个水落石出。那铁老太和养女现在都不在这世上了，可知道启动塔钟的就她一个。这，难道不可疑吗？！”

北川光雄被三浦荣子这么一说，觉得也有道理。

第二天早晨，就像为了要证实三浦荣子的判断是正确的那样，野末秋子神不知鬼不觉地消失了。

钥 匙

希望掌握塔钟启动方法的儿玉丈太郎，一听说野末秋子走了深感失望。

“好不容易来到这里，还是顺便去看一下钟塔别墅吧！”

儿玉丈太郎说完，带着侄子北川光雄和养女三浦荣子急匆匆地行驶在昨天的那条乡间小路上，朝钟塔别墅驶去。

这幢建有仓库的别墅，又暗又潮，阴气沉沉。儿玉丈太郎一个房间一个房间地打量。渐渐的，他被这复杂的房间布局和严密的建造方法所吸引，越发觉得有趣。

不知不觉的，三个人一起走进昨天野末秋子出现的那个房间。

猛然间，北川光雄发现房间角落有一扇敞开的暗门，那门里深处有朝上盘旋的狭窄楼梯。

咦，昨天怎么丝毫没发现那里有秘密楼梯呢？那一定是去钟塔的楼梯。尽管如此，又是谁打开进入这座秘密楼梯的暗门的呢？

是啊，肯定是野末秋子特地打开的！今天早晨，她退房后特地绕到这里打开暗门，向我们示意这里有上钟塔的秘密楼梯。

北川光雄想到这里打量了周围，似乎没有野末秋子来过这里的迹象。在铁老太被杀害的床上，有红得像鲜血那样的东西映入他的眼帘。那是一朵红色的山茶花。

“咦，今天早晨好像有人来过这里！这朵山茶花是刚从树上摘下来的！”

三浦荣子一边说一边拿起这朵山茶花。

“嘿，还有这东西，由我保管。”

她手握着铜制旧钥匙。那把钥匙，好像是放在山茶花边上的。

北川光雄想起野末秋子说过的话。

“希望你把那个房间作为你的卧室。”

野末秋子说的可能就是这把钥匙。

是的，钥匙肯定是野末秋子放在这里的！希望我得到它。为引起我的注意，还特意把山茶花放在钥匙旁边作为标记。

“不行！把它交给我！”

北川光雄伸手企图夺过钥匙，可三浦荣子敏捷地闪开，一溜烟地朝更衣间跑去。

现在就算了，等一下再把钥匙夺回来！

北川光雄打消念头，跟着叔叔上了楼梯，接着走进大钟机械室。可整个大钟被铁板包裹得严严实实，无法找到钟的开关在哪里。

这时，忽然听见塔下房间传来三浦荣子的叫喊声。

“快下来！我发现奇怪的东西啦！快，快！”

叔侄俩赶紧跑下去，发现床边的墙上有一个方形孔。三浦荣子好像是用那把铜钥匙打开了方孔暗门。

那里面是秘密保险柜，放有一本厚厚的外文书籍，是英文版《圣经》，已经很陈旧了。皮封面上没沾一点儿灰尘，可见最近有人动过这本书。

打开封面，其背后写有五行英文字，那是用毛笔写的，字迹歪歪斜斜。看模样，好像是渡海屋市郎兵卫活着的时候写的。

暗号文书

等到世上骚乱平静了，我的子孙方可从迷宫里取出财宝。

方法如下：

等大钟敲响，等绿色出现，先上去，再下来，那里有神秘的迷宫。关于详细情况，希望用心看图。

“叔叔，这是表示传说中的藏宝地方！可能是渡海屋市郎兵卫为他子孙后代写的吧？”北川光雄目光闪闪，大声说。

“也许是那样？可我并不是为那财宝而买下这幢别墅的。

就上面的英文内容来说，我是一窍不通，根本就弄不清到底是怎么回事。也许是什么人恶作剧吧？”

叔叔笑着说完，不希望提及这事。

“可是，叔叔，上面不是写有用心看图的字句吗？只要找到那张图，就可证明到底上面的话是不是撒谎。”

北川光雄无法像叔叔那样镇定自若，总觉得那张图肯定在什么地方。于是，他拿起那本《圣经》反过来调过去。不料，还真有一样东西飘飘然地掉在地上。

“啊！是这个！是那张图！”

北川光雄急忙从地上捡起，这是一张画有横竖线条的图，可再仔细揣摩，那是一张没有完成的图。

大约是渡海屋市郎兵卫没有画完这张图时，已在洞窟里迷失方向死了。

“瞧这个！一定是孩子乱涂乱画的图！光雄，别贪财！”

受到叔叔训斥后，北川光雄垂头丧气，但并没有放弃探究到底的念头。

“对于此事，我想慢慢地抽时间研究。这书请叔叔保管，总有一天我会找到谜底的。”

“嗯，好，好。”

叔叔按照北川光雄说的，同意保管《圣经》和那张图。

“我要让这把钥匙告诉我真相！阿光，你记住我今天说的！”

三浦荣子说完奇妙的话，眼睛里闪射着一种奇异的目光，似乎发现了什么。突然，她把嘴凑到北川光雄的耳边悄悄地说了起来："我终于明白野末秋子的用意。她以前伺候铁老太的时候，偷了这本书和这张画，企图找到财宝占为己有。现在，叔叔买下了这幢别墅，意味着她不能再自由进出这里了。我猜是这样的。因此，她打算在我们中物色一个内应。阿光，你可要小心呐！也许你会被迫干傻事！"

原来是这样！被三浦荣子这么一说，来历不明的野末秋子的行动，似乎完全证实了她的怀疑。

可是，长得像天使般美丽，那么彬彬有礼的野末秋子，果真会干那么卑鄙的事吗？她那眼神，跟有心机的人的猜想是联系不到一块儿的。我不信，我不信。

北川光雄越思考越发觉得茫然不知所措，干脆闭上嘴巴装聋作哑不说话了。

猛　　兽

且说儿玉丈太郎一回到长崎立即拜访了建筑装饰专家，请他装饰被称为幽灵塔的钟楼别墅。可就在装饰工程快要竣工的时候，发生了糟糕的事情。

起因，是一封来自居住在长崎市边缘地区署名“轻泽”的邀请信。

轻泽先生在长崎也是一个屈指可数的富翁，兴趣非常广泛，尤其热衷于魔术。

邀请信上写着这样的内容：

请　　柬

儿玉丈太郎先生：

兹在敝别墅举行西洋大魔术观摩会，敬请光临。

邀请人：轻泽敬上

儿玉丈太郎一向不关心魔术，可邀请信的内容引起了他的兴趣。于是，立即将同意出席的回执寄给了轻泽先生。

在邀请信下面，还写有这样的内容：

当天晚上，还将举行女作家野末秋子小姐钢琴演奏会，敬请大家欣赏。

“怎么，她还是小说作家呢！”

叔叔高兴地说。

后来经过调查，证实野末秋子在评论方面比在小说创作方面更有知名度。

那天晚上，儿玉丈太郎带着北川光雄和三浦荣子驾车去了轻泽别墅。可就在他们即将到达时，突然被警察挡住了去路。

“马戏团里的老虎撞破铁笼后逃跑了，非常危险，如果没有要紧事，还是回去吧！”

警官走到车窗前告诫他们。可他们停车的地方与轻泽别墅近在咫尺，再说三个人都被野末秋子的才能和魅力所倾倒，强调有急事，请求警官让道。

获同意后，轿车停靠在轻泽别墅的玄关前面。

轻泽别墅也是欧式，墙面呈绿色，外观古色古香。

开门来迎接的是轻泽夫人，儿玉丈太郎向她介绍了刚才在附近路上遇到的情况。

轻泽夫人点点头说：“是的，我们早就知道这事了。可我先生说别惊动客人，因此还没通知任何人。为防备万一，猎枪室里所有猎枪都已经子弹上膛。”

“是吗？那就放心了。”

“是啊，钢琴演奏已经开始，请跟我来吧！”

在夫人陪同下就座了刚一会儿，整个房间的电灯啪地熄灭了，舞台方向出现了幻灯片。

最初是高度三十厘米左右的偶人模样，接着逐渐变大，转眼间变成脸上笑盈盈的大美女。

啊！是野末秋子！

北川光雄险些喊叫起来。

野末秋子身上穿的，与前些天穿的朴素服装截然不同，全身上下穿的是华丽的西洋套装，优雅动人，俨然贵妇人的气质。只是左腕上佩戴着的宽手镯让人无法理解，给人一种莫名其妙的感觉。

让偶人不知不觉地变成野末秋子，是轻泽先生的魔术所致。顿时，观众席上爆发了热烈掌声。

野末秋子朝观众们鞠躬行礼，坐到钢琴旁边弹奏起小夜曲来。

太美了！

大家被野末秋子精湛的演奏以及优雅的乐曲所陶醉。

一曲刚结束，掌声四起响彻整个会场。

野末秋子微笑着鞠躬走下舞台，回到观众席后，猛地把目光投向北川光雄他们，接着快步走到跟前大声说道：“上次不辞而别，实在对不起。由于跟我一起来的朋友急着回家，没来得及向你们告辞，请原谅！”

儿玉丈太郎和北川光雄连连点头表示原谅，并称赞野末秋子优美而又动听的钢琴演奏。三浦荣子则从一开始就板着脸，听了他们之间的对话后终于再也忍耐不住了，插嘴说道："演奏确实不错，可比起钢琴演奏，我似乎更关心魔术。请问，刚才的魔术表演为什么能做到天衣无缝？"

"我们的指导人是专业魔术师！我们只不过是按他说的做就是了。他的幻灯机灯光可以千变万化，以假乱真。"

野末秋子附和着三浦荣子解释道。只是敌意不减的三浦荣子，并没有松懈满脑子怀疑对方的那根弦。

"不，还是你弹得好！只是赤井叶子扮作野末秋子的手法太生硬了！"

三浦荣子深信野末秋子就是赤井叶子，也许是打算在众人面前揭露她的真相吧?

"啊，你说什么？你是说我和赤井叶子是同一个人？"

"嗯，是的！还有什么可以隐瞒的，我早就知道了。你就是赤井叶子，赤井叶子就是你。"

三浦荣子像孩子那样大声嚷道，可野末秋子丝毫不动声色，笑嘻嘻的，毫不介意。

三浦荣子更火了："这么说，你不认识赤井叶子？"

"不，要说赤井叶子，我当然认识。但她现在的情况我压根儿就不清楚，我们仅仅是小时候在一起玩过……"

野末秋子漫不经心地回答。从她脸上的表情看，似乎并没把三浦荣子追问的内容当一回事。这无疑让三浦荣子显得更加窘迫，连话也说不出了。周围的人望着她俩这副模样，不由得笑了。

三浦荣子的表现，可谓遭到了野末秋子当头一棒的回击，恼怒和尴尬一起涌上心头，脸涨得通红，眼眶里噙着泪水。

“好哇，你们都笑话我……”

三浦荣子猛地朝后转身，拔腿跑了。

不一会儿，大家开始漫无边际地闲聊起来。这时，寄宿生拿着一张纸走到野末秋子跟前：“有人让我把这交给你……”

野末秋子接过那张纸看了一眼，那上面用铅笔写了好几行字。

“听说三浦荣子在那边的房间等我，我去一下就来。”

说完，她离开了。

三浦荣子这家伙，不知道又在打什么主意。我得去看看她俩究竟说些什么。

北川光雄想到这里，立即紧随野末秋子的身后出去了。

野末秋子经过长长的走廊，来到最深处的楼梯那儿，朝楼梯边上那个房间里走去。

这时候，突然有人从楼梯阴影处悄悄奔跑起来，是三浦荣子。她飞似的跑到楼梯边上的房间里，刹那间关上房门再反锁，随后遮人耳目那样跑远了。

她到底想干什么？

北川光雄知道那房间是轻泽别墅里的猎枪室，心里焦急不安起来。

是啊，楼梯中间有通风窗，可以从那里看到猎枪室的情况。

北川光雄快步跑上楼梯，朝房间里看。

“啊！”

霎时间，他屏住呼吸，仿佛心脏停止了跳动，全身僵硬，直冒冷汗。

猎枪室里，除野末秋子外还有一个可怕的生物。

那是一只硕大的猛虎！前蹄渐渐伸直，眼看就要朝前猛扑。

诡　　计

猛虎贪婪的目光紧盯着野末秋子。

她脸色苍白，但并不惊慌，站在房间的角落里紧盯着凶光毕露的虎眼，没有丝毫退缩的模样。

危险！一旦野末秋子的勇气消失殆尽，那一切就完了。要救她，也只有现在。可又不能出声，否则，老虎受惊后会朝野末秋子猛扑。

快，快想办法……必须……北川光雄的心跳，像在敲鼓似的作响。

眼下也只有我一个人可以救她。即便舍弃我自己的生命，也要……他下定决心。

他轻手轻脚地穿过扶手，紧贴着下面的猎枪室通风窗，横着身体滑入房间，不顾一切地跳到老虎背后。

听到响声，老虎迅雷不及掩耳地转过身，一个猛扑，扑在北川光雄的身上。

“啊！北川君！”

传来野末秋子轻轻的声音。

北川光雄的眼前，是凶狠的目光、血盆大口和黄色的牙齿，还有一股难闻的热气直扑他的鼻孔。眼下的北川光雄，已经不可能有生还余地，迟早是老虎的盘中餐。

“完了！”

他绝望地闭上眼睛。

就在这时候，传来一阵剧烈的响声。只见老虎大吼一声，痛苦地蹦跳起来。

“北川君，没伤着吧？”

听到这声音，北川光雄“呼”地睁开眼睛，发现眼前是野末秋子那张美丽的脸，正笑嘻嘻地望着他。

老虎耷拉着脑袋倒在北川光雄的身边，完全失去了刚才的威风。野末秋子手上握着猎枪，枪口还在朝外吐着白色的烟雾。

“啊，秋子小姐！你……啊，谢谢你救了我的命！”北川光雄紧紧握着野末秋子的手。

“不，我只是孤注一掷而已。多亏神的保佑，让我的子弹射中了老虎。不是我的功劳，而是猎枪室里所有的枪都装有子弹。

“一开始我觉得晃动身体。老虎可能会猛扑过来，所以无法过去取枪。可你帮助我吸引了它的注意力，才让我得以脱身抓住枪朝它射击。应该是我感谢你才是。”

野末秋子的这番话里，丝毫没有表功的意思。这让北川光雄更觉得她可亲可敬了。

就在这时，听到枪响的人们都呼地涌来。

他们使用备用钥匙打开猎枪室房门，走进房间后看到地上的情景竟说不出话，全都愣住了。

“到底发生什么了？”

终于，大家如梦初醒那样问道。北川光雄模棱两可地作了解释，隐瞒了当时的现场情况。他觉得如果道出真情，三浦荣子肯定会无地自容。

这时，警察也赶来了。等到处理完老虎尸体，让客人们回家，已经是深夜十一点了。

在这一时间段里，三浦荣子不知去了哪里。叔侄俩找了许多地方，就是没见她的人影。

“三浦荣子到底去哪里了，真伤脑筋！”

“先回家吧！”

儿玉丈太郎和北川光雄不得不向轻泽先生告辞，驾车回家了。

“光雄，今晚的骚乱大概是三浦荣子干的吧？好在谁都不知道，可我已经知道了。我在猎枪室里捡到这样的一张纸条。”

叔叔拾到的纸条是三浦荣子写的信，内容如下：

野末秋子：

我有话要单独跟你说，请立刻来猎枪室！如果你不敢来，就等于不打自招，证明你就是赤井叶子。

三浦荣子

“我也觉得多半是三浦荣子干的。”

北川光雄把猎枪室里发生的情况，原原本本地告诉了叔叔。

“三浦荣子真是无法无天！像这样的犯罪嗜好，她好像怎么也改不掉了。我决定以今天为契机与她一刀两断，从今往后她不再是我的养女了。”

儿玉丈太郎大动肝火，斩钉截铁地说道。

谁知俩人一回到家，就看到桌上放有三浦荣子写给他们的信。

阿光：

你不惜自己的生命救助野末秋子，以致我的计划流产，真让我感到震惊。从今往后，我和你们叔侄俩断绝任何关系。

我离开后，那个叫野末秋子的女人肯定会厚颜无耻地进出这个家，并且花言巧语蒙骗你们。

我想事先给你们提个醒，要注意野末秋子的左手臂，那里藏有不可告人的所有秘密。就这点，你们一定要百倍注意才是，否则，你们将会终身遗憾。

听女用人说，三浦荣子是在他俩回家前的一小时到达的，留下这封信后就走了。

这起事件发生后两个星期过去了。

一天，一个乞丐来到北川光雄的家，开门见山地说："是邮局告诉我的，说你叫北川光雄，是吗？"

接着，他叙述了事情经过。原来，他就是那个发假电报的人。

"哦，我是北川光雄，你发电报是接受谁的委托？"

乞丐起初怎么也不肯说，但在北川光雄的极力劝说下，才道出那个托他发电报的人。

"你知道共同墓地的背后有一个叫千草屋的花铺吧？我经常帮那个巫婆给客户送花。凑巧那天中午送花回来，看见店里来了一个四十岁左右的胖女人。她把我喊到身边，让我去邮局发一封电报，并叮嘱说别让人看见。"

"噢，原来是那样。那，这个胖女人是不是手上牵着一只猴子？"

"嗯，是的，是的，牵着猴子。"

事实已经很清楚，让乞丐发电报的是那个叫肥田夏子的女人。

"不过，你光嘴上说说还不能让我相信，最好能提供证据……"

"反正我也豁出去了，我把她给我的那张原稿纸带来了。"

一瞧那纸上的字写得歪歪扭扭的，与上次在邮局看到的一模一样。看来，野末秋子与肥田夏子之间也许有什么关系？

北川光雄越发感到困惑。

自从轻泽别墅归来以后，野末秋子对儿玉丈太郎和北川光雄更亲近了。尤其取得儿玉丈太郎的信赖后，还担任了随身秘书，取代了三浦荣子原来在他心目中的位置。

野末秋子聪明伶俐，办事周密、细致，很适合秘书工作，大大减少了儿玉丈太郎的工作量。

不过，在她身上确实有许多神秘的东西。可她如此美丽且又心地善良，怎么会残忍地杀人呢？不管怎么说，她绝对不可能是那种恶人……

相　　会

两个月过去了，装修工程已接近尾声，乔迁钟塔别墅的时刻就要到了。

儿玉丈太郎以此为契机，决定收养野末秋子为养女，并为此举行了隆重的庆祝宴会。

那天，北川光雄刚搬完家，心情从来没这么兴奋过，独自一人外出散步了。当他登上共同墓地时，发现曾经与野末秋子一起来过的和田杏子墓碑前蹲着一个陌生男子。男子年龄看上去约三十岁左右，身着流行款式西装，绅士模样。

绅士男子朝着墓碑合掌祈祷了好一会儿，站起身后怀着依依不舍的心情紧盯着墓碑，看那模样并不打算马上离开。

北川光雄躲在阴影处仔细打量绅士男子，体型不胖，个头较高，脸上毫无表情，是一个典型的冷酷男人。绅士男子好像没察觉到北川光雄在暗中偷偷打量他，片刻后朝着钟塔别墅的方向走去。

奇怪！他好像不是被邀请参加宴会的客人？眼下时间还早。假设他是附近村庄里的人，那就更不可思议了。北川光雄悄悄地尾随跟踪。不一会儿，绅士男子走进钟塔别墅附近的一家西洋别墅里。

咦，是这幢别墅的居民吗？最近，这幢别墅一直是空关着的。呃，或许什么时候有人入住了？他一边这么想一边打量那幢别墅，猛然发现了异常情况。

这幢西洋风格别墅的窗户那里，有人正盯着北川光雄，当视线和北川光雄的视线交织在一起的时候，呼地消失在窗帘背后。

咦，也许是刚才那个绅士男子的妻子？身上的服装和饰品好像非常华丽。可她为什么要那样盯着我？北川光雄觉得，这幢西洋别墅里有充满敌意的眼光。

下午三点，应邀参加宴会的客人们陆陆续续地来了。

叔叔交际甚广，加之居住在被媒体炒得沸沸扬扬的幽灵塔别墅，于是吸引了许多客人，出席宴会的人数居然超过了一百人，可谓规模空前的特大盛会。

北川光雄和叔叔担任客人们的向导，参观建筑内部和建筑周围，到了黄昏时候，浑身筋疲力尽。

北川光雄打算找一个没人看见的地方休息片刻，便走进院子角落的温室里，坐在热带植物硕大树叶的背后休息。

这时，隐隐约约传来一男一女悄悄的说话声。

“在这种地方说话万一让人看见挺麻烦的，快说什么事吧？”

咦，那不是野末秋子的声音吗？

北川光雄顿时紧张起来，全身不由得颤抖了一下。

男人是谁？他隔着树叶望去，见是一个四十岁左右的男子，留有一小撮胡子，矮个儿。哦！是黑川律师，就是那个杀害铁老太的凶手和田杏子的辩护律师。

“秋子小姐，你不可思议的身世在这个世上是绝无仅有。你能活到今天，可以想象忍受了难以形容的痛苦。从今往后，不知你还将承受什么样的痛苦。这世上，除我之外，即便有能耐很大的人，也不可能像我这样保护你！你如果与我为敌，那我告诉你，你一天也活不下去！”

“这……这我非常清楚，倘若与你为敌，我等于是自我毁灭，也就不能在这世上生存下去。”

“那快下决心吧！”

“你这是利用隐私威胁我！”野末秋子说话中带着怒气。

北川光雄听到这里，心脏不由得“咚咚咚”剧烈跳动起来。黑川律师手中好像掌握着他喜欢的野末秋子的秘密，由此控制着野末秋子的命运。

“你一定要说是威胁，那我也没办法。告诉你，我一定要想方设法让你下决心……”

这时，传来两个人站起来的声音。突然，野末秋子敏捷地逃走了。

晚上，钟塔别墅大客厅里的盛大宴会开始了。

北川光雄站在角落里，两眼注视着野末秋子的周围情况。

这时，胖女人肥田夏子抱着猴子，板着脸朝野末秋子走来。

令人讨厌的肥田夏子，即便野末秋子已经成为儿玉丈太郎的养女了，她还是没半点儿离开的打算，走到哪儿跟到哪儿。

肥田夏子悄悄走到野末秋子边上，窃窃私语起来。

“秋子小姐，糟啦！那坏蛋来了。快，快逃吧！好不容易安定了，那家伙又来找麻烦了……”

她说着旁人无法听懂的话，打算拽着野末秋子逃走。这时，还有一个人的动作更快，已经出现在野末秋子的前面。她就是离家出走的三浦荣子，身后还跟着一个身穿晚礼服的高个儿绅士。

三浦荣子意味深长地嬉笑着对大家说：“各位来宾，好久不见了。前些日子给大家添了不少麻烦，今天是为了道歉也是为了表示庆贺而来的。”

她脸上没有半点儿羞愧的表情。

北川光雄望了一眼站在三浦荣子身边的高个儿绅士，恍然大悟。这家伙不是别人，正是今天早晨去杀人凶手和田杏子墓碑前祈祷的那个绅士男子。

“我首先介绍一下，站在边上的这位是我的朋友，叫长田长造。他是这幢钟塔别墅前业主铁老太的养子。因为这个缘故，他希望拜见叔叔，也希望拜见旧友野末秋子小姐，所以……”

三浦荣子一边说，一边紧盯着野末秋子，似乎在说，我的这番介绍怎么样?

这绅士男子原来是铁老太的养子?倘若那样，他去和田杏子的墓地也就无可非议了。应该说，他在凶杀案发生前一直与铁老太生活在一起。

噢，一定是这么回事。三浦荣子找到长田长造，主要是想让他来这里当面核实野末秋子的底细。如果是铁老太的养子，就应该认识赤井叶子。

北川光雄明白了，顷刻间觉得全身各个部位都在冒冷汗，心跳越来越快。他屏住呼吸，两眼紧盯着野末秋子脸上的点滴变化。

可让人意外的是，野末秋子的表情居然平静得出奇:“什么，我的旧友?我怎么不认识他?再怎么回忆也想不起有这么一个旧友。失礼了!请问，你是在哪里找到这位先生的?”

长田长造目不转睛地望着野末秋子，脸上渐渐出现了惊讶的神色，最后几乎变成接近恐惧的表情。

他好像立刻察觉到认错人了，似乎不只是认错人，更像是做贼心虚慌了神的表情变化。野末秋子的脸和身材，除了让他感到认错人以外，似乎还有足以让他腿酥脚软的威慑力。

他似乎忍受不了，立即扭过脸去，可又好像被什么深深吸引住了，目光紧盯着野末秋子的脸蛋打量。

野末秋子平静地微笑。这异样的状况持续了很长时间。接着，长田长造说话变得结结巴巴起来:“不，实在是……我实在是想不起来了。”

北川光雄和儿玉丈太郎总算放下心来，松了一口气。野末秋子什么表情也没有，至少证明她不是什么赤井叶子。

看来，她还真是那个叫野末秋子的作家！北川光雄暗自在心里对自己说。

这时，大家头顶上那耸立在空中的大钟“当，当，当……”地敲响了。由于野末秋子事先启动了那座大钟，好长时间哑巴了的大钟开始轰鸣。

刹那间，长田长造的脸色骤变，仿佛魂飞魄散。

“咦，好像敲响了十二下？”他喃喃自语，数着钟的敲响声。

他怎么那样害怕十二点？瞧他那副模样，就像见到幽灵那样浑身颤抖。

八、九、十……当他数到十的时候，钟声偃旗息鼓了。于是，松了一口气的他自言自语起来：“啊，原来刚到十点！”

这时，当他察觉大家脸上充满奇妙表情把目光紧盯着自己的时候，苦笑着说道：“听到钟声，使我想起了死去的养母，精神便异常亢奋起来。好了，一切都过去了。”

长田长造为什么如此害怕十二点？由此看来，他的心里一定藏有秘密！

滴　　血

长田长造幼小的时候，是在这座幽灵塔别墅里与和田杏子一起由铁老太抚养长大的。当时，铁老太好像打算等这对男女长大后让他们成婚。可和田杏子不喜欢长田长造，坚决不同意铁老太包办的这门亲事。

在吵吵闹闹的日子里，长田长造开始恨铁老太，直至离家出走。

铁老太凶杀案发生后，长田长造接受了警方的讯问，可案发时他在很远的地方，没有作案时间，这才没有受到警方的怀疑。

铁老太的遗书是这样写的：

我的财产由和田杏子继承，如果和田杏子死了，

则由长田长造继承。

于是，从和田杏子死于牢房的那一天开始，铁老太的财产继承权就归属长田长造了。

当长田长造的脸上出现根本就不认识野末秋子的表情后，三浦荣子觉得周围的人无疑认为自己的判断是毫无根据的胡思乱想。

琢磨了片刻，她用憎恨的眼光盯着野末秋子。突然，她把视线停留在野末秋子左手戴着的珍珠手镯上，刹那间眼睛里闪出恶狠狠的凶光来。

一定是它！

“哈哈，野末秋子小姐，你的手镯真漂亮！可我至今不曾见过有人像你那样把手镯戴在手臂上。再说，我也没见过那么宽的手镯！”

三浦荣子径直走到野末秋子跟前，猛地伸出手抓住她的左手，打算核实手镯背后的情况。

不料，一直不动声色的野末秋子这下可不高兴了。

“你要干什么？”

她敏捷地将左手放到背后，脸色苍白，呼吸声变粗了。

这时候，长田长造脸上的表情比野末秋子还要吃惊，面如土色，一脸恐怖的表情，比刚才害怕钟声的模样还要惊慌失措。

“喔喔！”

他声嘶力竭地嚷着，转过脸后招呼也没打，连滚带爬地逃离了现场。

一直紧盯着他的北川光雄，连手心都捏出了汗，深深地叹了一口气。

夜深了，宴会结束了，客人们相继回家，剩下的人回到各自卧室。

北川光雄走到三楼那个钟塔下面的房间，也就是铁老太被害并且传说阴魂不散的那个房间。

如今，房间里的天花板、地面和四周墙壁面目一新。天花板和墙壁被彻底地刷了一层涂料，窗和门都是新制作的，漂亮的地毯也是新铺的，变成了令人心情舒畅的房间。

北川光雄躺在古色古香的床上，望着悬挂在天花板上射出模糊灯光的水晶灯。突然，灯"啪"地熄灭了，紧接着传来"沙，沙，沙……"轻轻的声音，是行走在门外走廊上的脚步声。

他赶紧从床上坐起，点燃火柴查看周围。由于房间比较宽敞，小小的火柴光不可能照亮所有的角落。

他转动着手上点燃的火柴，瞪大眼睛扫视着每个角落。刹那间，他扔掉了手上的火柴。

虽说不是看得很清楚，可房间正面的玻璃窗周围与走廊连接的墙上，有一酷似人手腕形状的白色物呈水平状飘荡。

"谁？谁在那里？"

北川光雄拉开嗓门儿大喊。接连叫喊了两三遍，可对方一声不吭，静悄悄的。也许是自己神经紧张的缘故，误以为别人在黑暗里注视自己。

咦，怎么回事？难道是幻觉？现实生活里不可能有这种情况！北川光雄责备自己，重新躺在床上。这时候，身边传来“哈”的叹气声。

北川光雄顿感像被人从头上浇了一大盆凉水那样厌恶起来，猛地一骨碌爬起来，从床上跳到地上，点燃火柴在房间里寻找。

他四处环视，可怎么也见不到那奇怪的影子。为慎重起见，他用火柴光照亮刚才那白色手臂飘荡的地方查看，结果发现椅子上的白色布套在滴滴答答地淌着鲜血。

北川光雄惊呆了，再也不敢继续留在房间里，抱起床上的毛毯慌慌张张地逃离三楼。他一口气跑到二楼，闯入放有长沙发的房间里，躺在沙发上把毯子盖在身上。

尽管远离了那个幽灵房间，可他眼前仍浮现着浑身是血的铁老太朦朦胧胧的模样，翻来覆去怎么也睡不着。

包　　裹

第二天早晨，北川光雄借助明亮的光线查看了昨天晚上的血迹。那儿已经变得发黑并且凝固起来，确实是血。

“看来，那不是幻觉！”

北川光雄茫然不知所措，头脑陷入了沉思。这时，野末秋子进来了。

“那笔记本是你拿出来的吧？”

“笔记本？什么笔记本？”

见到北川光雄惊讶的表情，野末秋子脸色铁青起来。

“我把重要的笔记本藏在这房间里的，可现在想看却找不到了。”野末秋子低着嗓音说。

“你把笔记本藏在哪里的？”

“是藏在你房间墙上那个秘密壁橱里的。”

北川光雄忽然间想起来了。昨晚看见淌血以及有白色的手臂飘荡地方的旁边，原来是秘密壁橱。

“那，笔记本上写有什么重要事情吗？”

“嗯，是的，你大概看过那《圣经》上的经文了吧？还有那张图……”

“哦，那两样东西的原版都在我叔叔那里。”

“这我知道。我把经文和图复写在笔记本上，把经文翻译成日语，还注有我思考出来的许多解释。”

“原来是这么回事。那家伙是盗贼！”

“什么？”

北川光雄详细讲述了昨晚房间里发生的怪事。

“看来，那一定是盗贼。秘密壁橱没有上锁，只要知道所在位置，就能轻易盗走。”

“照这么说，盗贼在偷笔记本的时候，手被壁橱里的铁钉或是其他什么东西划破而出血的。”

“无疑，假冒怪物是幌子。如果你害怕睡那个房间，那么，盗贼就会通过你那里爬上钟塔机械室解开经文的秘密。”

“到底是什么人干的？”

北川光雄脑海里，先后浮现出长田长造、三浦荣子和黑川律师的影子。

“总之，盗贼就隐藏在我们身边，必须加倍小心才是。”

野末秋子仿佛受到重大打击，意味深长地看着北川光雄的脸。从她的表情和眼神能看出她似乎知道凶手是谁，多半是由于某种原因不能说。

这天下午，以野末秋子朋友的身份暂时寄住在这里的肥田夏子得病了。据说是右手被她的宠物猴子碰伤了，伤口好像因细菌侵入而感染了。

北川光雄得知这一消息后，立即去二楼她住的卧室看望。这时，肥田夏子正发着高烧躺在床上不能动弹。

“情况怎么样？都怪猴爪！”

“谢谢你的看望。是的，都是这家伙造成的。”

猴子傻愣着，似乎根本不知道主人得病，还漫不经心地扫视周围。

肥田夏子眼神无精打采地望着房间出入口，压低嗓门儿叫北川光雄。

“北川君，我有事托你，请一定要仔细听！”

“什么事？只要能行，我都愿意帮助你。”

“请打开小桌抽屉，里面放有一个方形纸包。你把它放在那个小箱子里当作包裹寄出去。千万别告诉任何人好吗？就连野末秋子，你也要对她保密……”

听她这么一说，北川光雄感到厌恶起来，可想到委托自己的人身体有病，便按照她的吩咐打成包裹。

“请在表面写上地址和收信人姓名等！准备好了吗？长崎市西浦上村滑石养虫园，岩渊甚三先生收。”

北川光雄按照她说的写完，拿着小包裹去邮局了。回来的路上，凑巧与为肥田夏子诊断结束回去的K町医生碰上了。

“医生，肥田夏子的病怎么样了？看来，猴子的爪子也要小心呐。”

北川光雄问起肥田夏子的病情。

“什么？猴爪？肥田夏子是这么说的吗？其实她是被旧铁钉之类的金属划破的，我一看就知道。锈迹斑斑的铁钉造成的伤口，往往会导致发高烧。”

北川光雄一听说是旧铁钉，不由得吃了一惊。

那盗贼不就是肥田夏子吗？看来……刚寄走的包裹里，肯定装有野末秋子的笔记本。

他察觉这一情况后，赶紧朝邮局跑去。不巧的是，那包裹已经被邮车送到总局去了，不可能追回了。

消　　失

北川光雄决心找到那个养虫园叫岩渊甚三的人。

第二天吃罢早饭，他为找一张长崎滑石一带的地图去了楼下叔叔的书房。他翻箱倒柜地在书架里找了好半天，正当他弯腰的时候，突然感到背部有剧烈的疼痛感。他猛转过脸，发现是一把寒光闪闪的匕首，但只是一刹那间。

就在他想仔细观察的时候，匕首却消失了。

也没看见人影，按说房间里没有可以藏人的地方。可那把匕首就像变魔术那样，从空中直插北川光雄背部，随后又消失得无影无踪了。

霎时，北川光雄头昏目眩，扑通一声倒在地上。奇怪的是，那伤口并没有深到会让人失去知觉。但不知什么原因，身体无法动弹。

他想大声喊叫，嗓子里却像被什么东西堵住那样就是出不了声，全身的肌肉也失去了感觉。

北川光雄倒在地上，极力转动昏昏沉沉的脑袋观察周围。

这时，从隔壁休息室里传来女人说话的声音："我有几句话跟你说。"

那是三浦荣子的声音。她把野末秋子喊到这不会有人来的地方，好像要打听什么。

"对不起，我是听你说北川君喊我才来这里的……请告诉我，他在哪里？"

"他在哪里与你无关。是我有事找你！你是否能尽快离开这家！"

"你说要我离开这家？"

"是的，限你今天就离开！希望你别再继续欺骗北川光雄和他的叔叔。"

"哦，你在说什么？你说我欺骗……"

"是的。你的情况，我已经了如指掌。你有不可告人的秘密。"

"我什么秘密也没有……"

"你是说你没有秘密？哈哈……那，请你把长手套摘下来让我看看你的左手臂！"

"为什么？"

"你脸红什么？听清楚了吗？请让我看一下！瞧我的……"

三浦荣子说完朝野末秋子猛扑过去。于是，两个女人一上一下扭打在一起，声音传到北川光雄躺着的房间。

“啊……太可怕了！”

忽然，传来三浦荣子颤抖的叫喊声。她终于扯下野末秋子的长手套，看清楚了秘密。

“荣子小姐，你看见了吧！喂，你必须发誓，绝对不准对任何人说！快发誓！”

“讨厌！你威胁我吗？”

“是的，威胁你。快发誓不对任何人说。否则，我不会让你从这房间跨出一步。”

野末秋子一边说一边关上门窗，又是上锁，又是拉上插销。

“喂，你要干什么？把门打开！”三浦荣子边哭泣边说。

“不，在你没有发誓之前我是不会开门的。”

她俩又扭打在一起，传来粗粗的喘气声。北川光雄再也忍不住了，使出全身力气打算让不能动弹的双腿站起来。

与此同时，他移动脚步的响声传到她俩的耳朵里。

野末秋子这才察觉到北川光雄也在这里，赶紧跑到他跟前询问：“怎么啦？北川君，到底怎么回事？快站起来！快站起来！”

当她发现北川光雄背部有伤，吃惊地喊住三浦荣子。

“荣子小姐，糟啦！快过来！赶紧喊医生来……”

她叫嚷着跑到休息室，猛然间惊讶地叫喊起来：“怎么啦？到底怎么回事？荣子小姐，你躲到哪里去了？”

尽管没了人影，可房间里却门窗紧闭，也没有可以藏人的地方。就这么一瞬间，三浦荣子从这房间里消失得无影无踪了。

如果没有暗道机关，三浦荣子是不可能消失的。那么，房间里到底有什么样的暗道机关呢?

搜　　查

三浦荣子消失了，可北川光雄的伤不能不管。野木秋子打开房门，喊来儿玉丈太郎，让他给K町的医生打电话。

片刻，医生从K町赶来，当看到北川光雄的伤势时，不由得愣住了。

“咦，奇怪！仅这样的伤，按理不会导致全身不能动弹，更不会导致嘴巴不能说话。奇怪！看来那把匕首刀尖上有毒，也只有这样判断了。有一种印度的库拉束草和古拉尼鲁草的汁，如果凶手把它涂在刀尖上刺入人体，就会出现这样的症状。不过，这附近一带按理是弄不到这种毒药的……”

看来，钟塔别墅里混有歹徒，身上带有这种连医生也难以说清楚的毒药。

根据儿玉丈太郎的报告，当地警署出动了大量警力，在别墅内外展开搜索，结果并没找到失踪的三浦荣子和那把匕首。

北川光雄的朋友明智小五郎来拜访的时候，已经是案发后三天了。

明智小五郎比北川光雄大两岁，是在校大学生。北川光雄在东京读书时，由于两家距离特别近，他俩便经常在一起聊天游玩，关系比亲兄弟还要好。

北川光雄自乔迁新居搬到长崎后，仍经常保持与明智小五郎通信，相互告知各自生活和学习的情况。他曾经在信里邀请明智小五郎来长崎新居玩，而明智小五郎则早就想利用大学暑假期间去九州旅游。

为了实现这一计划，他出其不意地来到长崎北川光雄的新家。

明智小五郎的突然出现，尤其是在怪案发生的时候出现，这让北川光雄喜出望外，乐得合不拢嘴。他看了一眼明智小五郎的脸，跑到他身边拉着他的手连连说道："明智君，欢迎，欢迎！你大概不知道我多么盼你来我家啊？我早就等着你光临了！"

两个人一番寒暄后，北川光雄便带着明智小五郎在钟塔别墅里参观，顺便讲起有关这幢别墅的一连串奇怪传说。"明智君，我们现在可谓是左右为难。不光是听说，而且幽灵传说居然成了现实，怪事接连在我家发生。"

北川光雄详细讲述了那天自己被匕首刺伤以及三浦荣子在瞬间消失得无影无踪的经过。

"哦，这太不可思议了！北川君，让我调查一下那房间好吗？这绝对不是幽灵所为，多半是超常犯罪的手法吧？”

明智小五郎由于兴奋，脸颊红扑扑的，眼睛里目光炯炯。

儿玉丈太郎清楚明智小五郎的情况，一听说他要调查这起事件，高兴得手舞足蹈：“你那么老远地赶来，就请在这里舒舒服服地过一个暑假吧！如果还能借用你的智慧，北川光雄就不用说了，我也感到浑身有使不完的劲儿了。”

近来一直对侦探充满浓厚兴趣的明智小五郎，听儿玉丈太郎这么一说，旅途的疲惫顿时消散得无影无踪了，日复一日地在别墅内外展开调查。

他时而跟这家里的所有人询问情况，时而从北川光雄那里打听案发当天的详细经过。每天吃罢晚饭的时候，才是明智小五郎的休息时间。

“明智君，找到什么线索了吗？”儿玉丈太郎问。

“不，其他情况还不清楚，可有两种情况我察觉到了。”

明智小五郎微笑着回答。

“首先，是房间里那张大桌子上的桌布。三浦荣子和野末秋子是在放那张桌子的房间里争吵的，可那以后，女用人说再也没见过那块桌布。看来，桌布可能与三浦荣子一起消失了。问题是，三浦荣子消失的时候，究竟为了什么需要那块桌布？”

“照这么说，三浦荣子是带着桌布逃走的？”

北川光雄不可思议地望着明智小五郎。

“大概不是那回事，三浦荣子似乎不是靠自己的力量从那房间逃走的。好像有人剥夺了三浦荣子的自由，强行将她带走的。

“但假如强行带走，为什么要带走那块桌布？莫非，三浦荣子当时已经死了？”

“什么？三浦荣子在那个房间里被杀害了？”

北川光雄和儿玉丈太郎不由得朝前探出上半身。

“现在，我还不是很清楚。其次，我掌握了比桌布更重要的线索。后院的树林里有水池，这是我刚发现的。在水池边上的草丛里，有一片草丛东倒西歪乱七八糟，好像是什么大而柔软的东西在那里被拽着移动过的痕迹。那里凑巧在灌木丛背后，非常隐蔽，很难被人察觉。”

儿玉丈太郎和北川光雄听了这一情况极为吃惊，他们简直难以想象。

“这是超常的犯罪行为！我把桌布和水池岸边的状况联系起来思考，觉得有必要潜入水池了解情况。虽说警方调查过别墅内外，可如果说没有找到一丝线索，也应该潜入水池底调查，即便竹篮子打水也值得。”

儿玉丈太郎和北川光雄说不出反对理由，于是决定第二天早晨邀请附近百姓帮助调查水池底的情况。

尸　体

按照商定的时间，第二天早晨大家便展开了对后院旧水池的搜查。搜查者们用拴有铁钩的麻绳和系有铁钩的竹竿插到水池底。

儿玉丈太郎、北川光雄和家人，加上听到这一情况特地赶来的长田长造，都站在水池边上观望搜查情况。

两个小时过去了，突然一个搜查者发出奇怪叫声，接着开始朝上拉系有铁钩的麻绳。

十厘米，又是十厘米……片刻，黑色铁钩露出水面，铁钩钩住了一个布团。

果然如明智小五郎推测和想象的那样，从池底打捞上来的是一个大包袱，里面是一具女尸。

这块正方形布，就是与三浦荣子同时消失的书房桌布。

“儿玉先生，看来我的推理是对的。凶手为了不让尸体浮出水面，还在包袱里放上大石块。”

解开布结，第一个看到尸体的明智小五郎惊讶地大声叫了出来：“太狠毒了！”

尸体上没有脑袋。

大家茫然地站在旁边，半晌没开口说话，难过地移开视线。

尸体手上的戒指确实是三浦荣子的，可见她是被人杀害了。现在只能假设三浦荣子的脑袋被隐匿在别的什么地方。

“太残忍了！我一定要替三浦荣子报仇。明智君，我想悬赏五十万日元捉拿凶手。”

长田长造苍白的脸上显得异常激动，转过脸望了一眼明智小五郎。

明智小五郎却非常冷静。

“我的估计好像错了。万没想到尸体上居然没有脑袋。尸体上没有脑袋，侦查起来可就有点儿难办了。”

儿玉丈太郎变得坐立不安起来。

“凶手为什么要这么残忍杀人呢？”他歪着脑袋觉得不可思议。

“凶手对三浦荣子也许怀有刻骨仇恨！觉得仅仅杀了她还不足以解恨？那么，如此仇恨三浦荣子的人到底是谁？我总觉得凶手就在身边。”

长田长造说完，朝北川光雄和野末秋子看了一眼。

凶手真的是野末秋子吗？毕竟她左手臂的秘密被三浦荣子看见了。

到底要不要怀疑野末秋子与这起案件有关？北川光雄越发感到自己处在左右为难的尴尬境地。

那天下午，北川光雄一边琢磨着这起扑朔迷离的案件，一边独自一人在树林里散步。

“北川君，你在思考什么？”

突然听见有人喊自己，北川光雄赶紧转过脸，发现是明智小五郎。明智小五郎走到北川光雄身边问：“你是怎么考虑这起案件的？长田长造怀疑野末秋子……”

“绝对不可能！她不可能那么残忍。”

“北川君，既然你这样肯定，我想大概不会有错。我也是这样想的……可是……北川君，有一件事要拜托你，我想再查看一下三浦荣子的尸体……”

北川光雄觉得明智小五郎提出这一要求有点儿奇怪，但想到他是自己非常信赖的朋友，便带着他来到停放尸体的房间。

“来，你过来仔细瞧瞧！”

明智小五郎好像期待着他能发现什么，目不转睛地看着北川光雄。

刹那间，北川光雄的脑海里突然闪出一个念头。

是啊，三浦荣子右腿小腿肚子上应该有一块很大的伤痕。看来，有必要再核实一下那具没脑袋的尸体上是否有这一特征。

当他查看腿部时，那儿竟然一点儿伤疤的痕迹也没有。

北川光雄茫然地看着明智小五郎。

“不是三浦荣子吧？”

明智小五郎用期待的目光看着北川光雄说道。

“嗯，根本就不是！看来，这起案件必须重新调查和分析。我现在就去长崎，也许在那里可以发现谜底。”

明智小五郎立即调整搜查方向，确定了下一步侦查方案。

然而，北川光雄并不清楚明智小五郎说这话到底是什么意思，可看到他胸有成竹的表情，心里涌动着说不出的兴奋。

从水池里打捞上来的，不是三浦荣子的尸体！

案情变得复杂起来。

那么，三浦荣子到底去哪里了呢？奇怪！莫非，失踪案的炮制者是三浦荣子本人？

她对野末秋子恨之入骨，可能是有嫁祸于人的企图？

尽管她嫉恨野末秋子，也未必一定要置仇人于死地。那么，尸体本人又是谁？罪犯是如何弄到尸体的？

北川光雄打算把重新查看尸体后的结果告诉给野末秋子，于是走进她的卧室。

“秋子小姐，你可以放心了，水池里捞起的那具尸体不是三浦荣子！”

听他这么一说，野末秋子松了一口气，脸上微微浮出放下心来的笑容。

“啊，太好了！又是你救了我！加上那次你从虎口救出我，已经是第二次帮助我了。近来，我一直忧心忡忡，心想又要遭到冤枉，心急如焚，寝食不安。现在可好了，真是太感谢你了。”

野末秋子激动地看着北川光雄，心里充满了感激之情，少顷恢复平静后认真问道：“北川君，我一直想跟你打听一件事。肥田夏子是否委托过你干过什么？”

“嗯，她曾经委托我办一件事，让我把一个小包裹放在木箱里送至邮局当包裹寄出。我当时虽然不愿意，可她合掌求我，我只得答应，帮她跑了一趟邮局。”

“包裹寄给谁的？你还记得那名字吗？”

“嗯，记得，当然记得，西浦上村滑石，养虫园，岩渊甚三。”

“什么？果然不出我所料！她竟然偷了我的笔记本寄给那个人了。”

野末秋子脸色骤变，大声叫嚷。

“那笔记本要是到了坏人手里，可就……看来，那天晚上流血的盗贼是肥田夏子吧？”

北川光雄没料到野末秋子被朋友耍了，吃了一惊。

“……秋子小姐，养虫园是不是饲养蜜蜂的？”

“不是的，是饲养蜘蛛的。那个叫岩渊的家伙，是一个真正的坏蛋。”

“原来是这样！那好，我去要回那个笔记本。”

“不，不行。那样做会有麻烦，那里栖住着吃人的毒蜘蛛。”

野末秋子说到这里竟然担心得浑身颤抖。

这时，有用人说检察官一行到了。北川光雄不再说下去，离开野末秋子的房间。

明智小五郎把搜查后发现的新情况详细报告了警方，警方再次赶到现场详细讯问和排查，还是没有新的进展和突破。

跟　踪

那以后的三天里，一切平安无事。

明智小五郎去长崎调查，临走时说好两天后就回来。

这两天里，北川光雄寂寞得心里直发慌。当明智小五郎如期归来后，他立刻跟他说起了野末秋子笔记本失窃以及养虫园岩渊甚三的事情。

第四天深夜。北川光雄与明智小五郎交谈的时候，猛然察觉有人悄悄地从后院门溜了出去，行动鬼鬼祟祟的。经过仔细辨别，那人竟是野末秋子。他俩不由得踮起脚尖跟了上去。

一进入后院树林里，人影变成两个，一个是野末秋子，一个是肥田夏子。肥田夏子是拽着野末秋子的手走进前面茂密树林里的。

“他真的来了吗？”传来野末秋子颤抖的问话声音。

“当然是真的。不管戒备多么森严，那家伙总能轻而易举地进来。”

传来肥田夏子嘶哑的回答声音。

“可我没见过他，是你告诉他的吧？”

“我劝他不要来，可他说非要见你。我看，你最好别抱什么幻想了，干脆直截了当地跟他说吧！”

“你是不是偷我的笔记本寄给他了？”

“笔记本上写的那些字只有你一个人认识，他说不管用，要你告诉他实际情况。”

“那怎么可能！请你干脆拒绝他！”

“现在说这话，他不会接受！瞧，他已经在那里了！”

昏暗而茂密的树林里，闪烁着萤火虫般的火光。仔细看，有人在吸烟。

“我不想见他！也不想告诉他！。”

“他说你如果不服从，就暴露你的秘密。”

“那就随他吧！反正我已经破罐子破摔了。”

野末秋子语气坚决，丝毫没有半点儿妥协的意思，说完甩开肥田夏子的手朝主屋狂奔。

这一情景，明智小五郎和北川光雄看得清清楚楚。

他们之间无疑藏有不可告人的秘密，但野末秋子不惧威胁令明智小五郎和北川光雄敬佩。

野末秋子逃走后，肥田夏子见追不上只好罢休。

“这事我也无可奈何。”嘴里一边嘀咕，她一边朝香烟火光那里走去。

透过黑暗朝那里眺望，男子长得十分肥胖，满脸横肉，一看就不是什么好人。瓮声瓮气的说话声，十分清楚地传到明智小五郎和北川光雄的耳朵里。

男子与肥田夏子之间显得十分亲昵，交头接耳地说了大约五分钟的悄悄话。接着，肥田夏子朝主屋走去，男子则朝围墙那里走去。

“北川君，我去跟踪肥胖男子，其他就拜托你了。”

明智小五郎附在北川光雄的耳边说。

肥胖男子翻越围墙，朝K町街道走去。深夜的农村公路上没有行人，虽说随时可能被他察觉，但绝对不必担心跟踪对象不翼而飞。

来到K町，肥胖男子买了一张车票，去长崎前面一个叫M的车站。

“如果这家伙是去M车站，那北川光雄代替肥田夏子寄的包裹，肯定是寄给养虫园这家伙的……”

明智小五郎暗自琢磨后微微点点头。看来，这男子就是养虫园的主人。

乘上列车，整个车厢里的乘客只有他俩。借助灯光仔细打量，这家伙的年龄大约五十岁，胖脸上红扑扑的，已经完全秃顶。从表面上看，不像什么坏人。

不过，真正的坏人反而往往让人迷惑。因此，肥胖男子很有可能就是这种类型的坏人。明智小五郎一边考虑一边若无其事地打量，冷不防肥胖男子主动朝他笑，还开口说话：“你是从K町上车的吧？你住在K町吗？”

听肥胖男人的口气，好像并没有察觉明智小五郎在跟踪他。

“嗯，是的。”

“那，我想你大概知道幽灵塔别墅吧？”

“当然知道，那住宅非常出名。”

“有一个名叫儿玉丈太郎的退休检察官，最近向社会宣布他收留野末秋子为养女。”

“嗯，听说过，好像有这么回事！整个城的人们都说，那姑娘长得美丽。”

“噢，原来是这么回事！她不光美丽，还有更能让她扬名的好事情呢！”

肥胖男子的话变得奇怪起来，不像是什么坏人，而像是非常健谈的人。

“你知道得真清楚！”

明智小五郎套近乎附和着说。不料，那家伙越发来劲儿了。

“不瞒你说，其实，只有我最知道她的底细。今天晚上我去见她，可她趾高气扬不愿意见我。嘿，我讨厌她那张脸上的伪装面具。当然，最好她本人揭开那张面具。如果她摘下手套，不可告人的秘密即可暴露在大家面前。”

肥胖男子说到最后竟自言自语起来，而明智小五郎的内心则变得复杂起来。他初次见到野末秋子的时候，由于觉得对方长得过分的美，脑海里猛然闪现那可能是假面具的想法。

不过，他立刻意识到自己的想法是错的。因为，野末秋子总是有说有笑的，渐渐的，心里的疑团也就随之化为乌有了。刚才，肥胖男子使用了“伪装面具”这个词，让明智小五郎瞬间回忆起当初见到野末秋子时的情景。

就在他陷入沉思的时候，猛然觉得天旋地转，似乎还伴随震耳欲聋的雷声。

紧接着，整个身体像被扔在地上的球那样弹起，巨大的铁棍咣当一声朝他身上猛击，顿时，大脑伴随着剧烈的疼痛失去了知觉。

蜘　蛛

等他醒来的时候，眼前是一大堆横七竖八躺在地上的断木，周围是来回忙忙碌碌奔跑的人影，再仔细眺望，车头歪斜着躺在地上，车厢东倒西歪的成了一堆废铁……

这时，明智小五郎才意识到发生了翻车事故。后来得知，那是因为名不见经传的小川铁桥倒塌而引发的这起翻车事故，两名乘客死亡，十多名乘客重伤。

幸亏明智小五郎只受了一点儿轻伤，但那个主动与他说话的肥胖男子却被压在一块大木板下，因伤势太重还处在昏迷状态之中。

应该说，这肥胖男子是令人憎恨的坏家伙。然而这种时候，不能见死不救。明智小五郎喊来正要从身旁经过的救护人员，与他们一起齐心协力搬掉了那块大木板，将他救了出来。

救护人员立即对肥胖男子进行抢救。不一会儿，他苏醒了，睁开眼睛，有气无力地挣扎着站起来，连话也说不出了。明智小五郎让救护人员喊来出租车，将他扶到车里。

这时，肥胖男子像虫叫那样轻声说道："把……把我送回家！"

"你家在哪里？"

"在滑石的养虫园，我是那里的主人，叫岩渊甚三。"

果然是他！

明智小五郎暗自高兴。

从事件现场朝M车站行驶一公里多的路，再从M车站朝滑石养虫园行驶。出租车大约走了近四公里路的时候，前面的路突然陡峭起来。

"这路不行，无法再朝前开了。"司机朝前方打量着说。

"真伤脑筋！还是送医院吧！"

明智小五郎说罢，岩渊又开口了："就在前面，只剩一点点儿路了，快，快送我回家！"

明智小五郎当然不愿意错过良机，更不想中途折回，前功尽弃。于是便跟司机商量了一阵，商定一左一右地架着他送他回家。

沿着杂草丛生的林中山路走了一会儿，看见不远处耸立着一幢奇形怪状的黑色建筑。

三人来到已倒塌一半的围墙边上，见有一木门。明智小五郎即用手"嘎嗒嘎嗒"地摇门，没想到木门结实得很，岿然不动。

这时，半死不活的岩渊又说话了。

“用这把钥匙开……”

于是，明智小五郎将金属大钥匙插入门上的锁孔。

走进大门，发现建筑物背后有灯光。明智小五郎径直朝那里走去，发现木板窗上有裂缝，灯光是从那里朝外透出来的。

明智小五郎把眼睛凑在裂缝上朝里窥视。

咦……居然有人！地炉边上坐着一个看似刁婆的老妇人。

奇怪的是，老妇人那张布满皱纹的脸，明智小五郎仿佛在哪里见过。

谁？想起来了！像肥田夏子！她可能是这老太的女儿？岩渊也许是肥田夏子的哥哥？看来是兄妹俩缠着野末秋子！

明智小五郎的脑袋里忽然闪出这样的想法。然而眼下首先要做的，是把伤者送进家里。

于是，他站在窗外大声嚷道：“请开门！你家主人受伤了。”

老妇人转过脸来翻着白眼望着明智小五郎，“噔噔噔”地走到里面房间去了。明智小五郎无可奈何，又“嘎嗒嘎嗒”地摇起门来，走进房间，穿过这个有地炉的房间走到里间。

老妇人好像藏起来了，不见她的人影。

明智小五郎瞪大眼睛朝四处张望，刹那间不由得愣住了。

光线暗淡的房间里，无论是天花板还是墙面或是柜橱，都好像在不停地摇晃。成千上万只昆虫在蠕动、爬行，好像整个房间在摇晃。

他仔细观察，渐渐的，眼花缭乱起来。

也不知是什么时候，有虫子爬到了手指甲上。他想拂掉它，瞪大眼睛打量，发现竟然是一只五十日元硬币大小的蜘蛛。

他明白了，这幢房屋的主人饲养着让人憎恨的蜘蛛群。饲养让人恶心的蜘蛛，无疑是不希望有人接近这幢房屋。由此可见，这家主人不是什么好人。

调　查

明智小五郎赶紧离开蜘蛛房，与在外面等候的司机把岩渊甚三抬到房间里。

打那以后，老妇人再也没出现过。明智小五郎不得不去找被子盖在岩渊甚三身上。

“请上二楼，从楼梯向里数第二个房间里有被子。”岩渊甚三说。

于是，明智小五郎沿着漆黑的楼梯走到二楼。

楼梯分成两部分，中间有转弯平台。像这样形状的楼梯，在日本式建筑里也是罕见的。转弯平台的墙上好像有黑乎乎的小门。

明智小五郎小心翼翼地爬到门前，猛地发现有白晃晃的东西从黑暗里朝外蹿出。

他急忙闪开身体，蹿出的东西飞向背后的木门上，紧接着传来一声巨响，定睛一看，居然是一把旧斧头。

黑暗里，站着那个满脸皱纹的老妇人。

“不准进来！不准进来！”老妇人像乌鸦那样吼叫着。

明智小五郎朝老妇人瞪了一眼，抱起被子跑下楼去。在蜘蛛房的隔壁房间铺好床，让岩渊甚三躺在上面。

跟着明智小五郎下楼的老妇人，站在一旁目不转睛地看着。

“喂，你这家伙不是岩渊甚三的敌人吧？”老妇人嘴里嘟囔着。

“岩渊甚三有敌人吗？”明智小五郎佯装不知地问道。他想，或许能从老妇人的嘴里打听到一些什么。

“是的，凡是来这里的人，都是岩渊甚三的敌人！都将被关押在黑房间里。”

“关押？里面有谁？”

明智小五郎直截了当地问道。岩渊甚三也许因回到自己家便放下心来的缘故，呼噜呼噜地睡着了。只剩下老妇人，不厌其烦地回答明智小五郎的提问。

“怎么不关押呢？那个医生常常深夜驾着帐篷车把人送来。”

“送来的是男还是女呀？”

“送女人来这里，就那么一次！那是一个长得像仙女般非常漂亮的女人，脸色苍白得跟死人一样，是被医生抱着进屋的。”

老妇人说得不是很肯定，但明智小五郎立即明白她说的那个美女多半是野末秋子。

“那是什么时候的事？”

“嗯，已经有一段时间了。”老妇人说到这里不说了。无论明智小五郎怎么引诱，她始终闭口再也不说了。

躺着的岩渊甚三似乎发了高烧，说起了梦话。看情况，好像不太妙。明智小五郎赶紧站起来，决定去附近镇上喊医生。

从大门走出去没几步，遇上一个怀抱着手提箱的四十岁左右的男子。他正朝这幢房子走来，外表看上去像医生。

老妇人刚才说的医生，大概就是这个绅士男子。

“你大概是医生吧？”明智小五郎主动地问道。

对方停住脚步，惊讶地打量了一下明智小五郎。

“是的，你是谁？”

“哦，真是太巧了，事情是这样的……”

明智小五郎简明扼要地把列车翻车以及岩渊甚三受伤的情况说了一遍。

“我正要去街上喊医生，恰巧遇上你来了，那我就放心了。”

“噢，原来是这么回事！接下来的事情，就交给我来办吧！谢谢了，你就回家吧！”

医生再次打量了一番明智小五郎，加快脚步朝大门走去。

明智小五郎装着回家的样子刚走几步，随即转身跟踪起那个医生来。

明智小五郎走到大门里边绕到房屋背后隔着窗户朝里窥

视，里间传来有人说话的声音。他蹑手蹑脚地走到里间站在隔断移门背后倾听，察觉是刚才那个老妇人在和医生说话。

“岩渊君的伤势很重！不知道送他回来的家伙是什么人？听那家伙说，要不是他眼疾手快地把他从大木材下救出来，岩渊君也许就没命了？”

“岩渊君就那么不顶用！阿弥陀佛……”

“可不，这么重要的时候竟然受伤！岩渊君一定从那女人嘴里打听到那秘密了吧？老太太，你没对其他人提起那女人的事吧？”

那女人，肯定是野末秋子。

“那女人？五六年前一个狂风大作的夜晚，你好像送过一个女人来这里的？你指的就是那个女人吗？”

“是的！”

“哎呀，我刚才不小心说漏了嘴，也提起了那个女人的事情……”

医生听说后立即惊叫起来：“什么？你说，你到底对谁提起过？是跟刚才那个年轻人说了？”

“是的！”

“唉！这下可麻烦了！那家伙不会是侦探吧？是他主动问你那女人的事情吗？”

“咦……当时是怎么说起的？唉！我一点儿也想不起来了。”

明智小五郎听到这里总算放下心来。

“真拿你没办法！我想那年轻人应该不太可能把你这老太

太说的话当一回事吧？

“当时，肥田夏子可真是我的一个好帮手！再说，你女儿肥田夏子长得挺有几分姿色的，可不像现在这么肥胖。”

“是啊，我想起来了！你说你要让美女戴上面具……”

“嘘！你提那多余的事情干什么？你就是想不起来也没关系。”

医生慌慌张张地制止老妇人。

在这里，明智小五郎又听到“面具”这个词，不由得浑身颤抖了一下。这，简直是让人不寒而栗的词。

“那后来，我为了隐瞒她手臂上的秘密绞尽了脑汁。”

两人之间的交谈，涉及野末秋子的秘密。

明智小五郎全神贯注，不由自主地探出身体的上半截，没想到脚底不小心移动了一下，踩响了地板。

糟糕！可是，已经迟了。

医生嘘了一声，让老妇人别动。

“谁？”他嚷道。

明智小五郎不由得摆开迎战的架势。

“别嚷！怎么可能有人？肯定是上面房间发出的响声。”

“嗯，也许是吧？这家伙一直闹个不停，必须用铁链拴紧！”

医生说完，好像不再怀疑刚才的响声。

明智小五郎见状蹑手蹑脚地溜出房间，在黑暗里摸索着找到刚才的楼梯，踮起脚尖朝二楼爬去。

来到刚才的转弯平台，轻轻推了一下小门，门竟然轻易地开了。明智小五郎走进漆黑的洞窟模样的房间里，朝里走了大约四米，发现被第二道门挡住了。

他从衣袋里取出火柴，点燃后打量起门来。令他喜出望外的是，门锁上插着钥匙。于是，他小心翼翼地打开这道门，又踮起脚尖朝里走去。

刹那间，一股刺鼻的臭味扑面而来。多半是门关久了不通风，再加上里面没有清扫的缘故。霉味和动物身体的臭味混合在一起，充满了整个房间。

黑暗里好像有活的生物！明智小五郎摆开随时迎击的架势，高度警惕地朝里走着。接着，他又点燃一根火柴，借助火光寻找。

突然，从黑暗里闪出一个黑色影子，在明智小五郎眼前嗖地蹿过。几乎与此同时，火柴熄灭了，连手里拿着的火柴盒也掉到了地上。

他弯下腰打算寻找火柴。

就在这时候，他隐约感到黑暗里有人在看着自己的举动，还传来害怕的呼吸声。从人嘴里吐出的暖气，不时地抚摸着他的脸颊。

终于，他在厚厚的灰尘里找到了火柴盒，可里面是空的。于是，他又伸手在地上寻找起来。

就在朝前走了约五米的时候，明智小五郎的手触摸到一样柔软而又温暖的东西。他战战兢兢地一边摸一边猜测，这到底是什么东西。片刻，他觉得那好像是人的皮肤。

皮肤下面的脉搏，在不停地跳跃。猛然间，呼吸声剧烈起来。他紧张地连连后退，可对方不反抗，也没什么粗野动作，而是一动不动的。

他稍稍放下心来，又大胆上前用手触摸，觉得对方好像是趴在地上，全身正在哆嗦。

“喂，你是谁？我是来救你的！”他轻声问道。

然而，对方没有任何反应。

突然，对方“啪”地推了一下明智小五郎。受到出其不意的反击，明智小五郎不由得双手撑地，一屁股坐在地上。好在这时，手触及到了身后地下的一根火柴。

明智小五郎赶紧擦亮火柴，打量起刚才袭击自己的黑影，那人模样可怕，骨碌碌转动的两颗眼眸正瞅着他，头发乱蓬蓬的，脸红红的，牙齿泛黄……

就在明智小五郎准备再问他的时候，从背后传来了声音，紧接着是射入房间的手电光束。有人正朝这里面走来。

明智小五郎转过身查看，发现是刚才的医生和老妇人，只见医生手握明晃晃的日本刀威武地站在门口。

明智小五郎立即摆开架势，医生见状，脸上顿时露出慌张的神色，欲转身逃走。

他万万没想到，刚才在路上撞见的年轻人竟然出现在这里。他来这里的目的，是打算教训被关押在这里的“囚犯”，手上的日本刀仅仅是用来威胁而已。

见到医生这般模样，“囚犯”哆嗦着爬到明智小五郎背后。

这时，明智小五郎借助手电光束发现“囚犯”还不到二十岁，好像是一个弱智者，脚脖子上拴有铁链。

医生恶狠狠地看着明智小五郎。

“瞧！这里面居然有绅士模样的人。”医生转过脸对老妇人说。

“他就是刚才送岩渊君回来的那个人。”

“我说了请你回去，可你却到这种地方，哈哈哈……”

医生开始嘲笑明智小五郎。

“我一开始就想了解这是怎么回事。”

明智小五郎觉得自己掌握了对方的弱点，完全可以理直气壮地镇住他。

“哈哈哈……原来是这样。可你的名字也是胡编的吧？你是侦探还是来这里偷东西的盗贼？”

“随你怎么说都行，可我不能扔下这小伙子，我打算带他走。”

“原来是这么回事。我不会强迫你回去，这里的主人还在楼下睡觉。等到他问你的时候，我可就帮不上忙了。我想问你，你为什么要带他出去？”

这家伙说话还真啰唆。

“实话实说吧！我既不会逃走，也不会躲藏。快拿好了！这是我的名片。”

“到楼下再接受你的名片，我有话跟你说……”

医生带着老妇人离开房间。明智小五郎打算跟在他们身后出去，可刚走到门口，眼前却传来“嘎啦嘎啦”的关门声并伴随着上锁的金属声。

“糟糕，我上当了！”明智小五郎不由得喊道。

窟　　窿

明智小五郎猛烈地敲打着结实的木门，大声叫道：“喂，开门！再不开，我就把门打破！”

“哈哈哈……如果你觉得能把门打破，那你就使劲儿敲打吧！恐怕门还没被敲破，你的手已经破裂了。”

这扇门也确实像他说的那样，非常结实。要想打破它，还真是不可能的事。

“你打算把我关在这里？”

“噢，想请你在里面休息四五天！到那时，你的身体就是再强壮也挡不住饥饿。”他厚颜无耻地说完，带着老妇人走了，门外恢复了刚才的宁静。

没想到，明智小五郎竟陷入走投无路的境地。不用说，歹徒们是不可能让他带着秘密离开这里，多半是想让他饿死在这里。就算他能抵挡十天或者二十天，最后也……

明智小五郎觉得自己再怎么叫喊也是无济于事，不如干脆今晚就躺在这里休息。眼下最重要的，是恢复体力。

可躺在这么多灰尘的地方，既静不下心来也睡不着。也许能找到一块灰尘少一点儿的地方？

于是，他不停地转着圈子寻找，忽然发现与门口相对的地方有一出入口，便伸出手搭在门上，门居然轻轻地开了，里面是榻榻米房间，不仅没有灰尘，还铺有被子。

咦，这还是丝绸被子！难道让客人居住的？

他躺在上面暗自思忖起来，却不知不觉地睡着了。

等到睁开眼睛的时候，阳光从装有铁栅栏的防盗网小窗口射入房间。他打量整个房间，墙边有旧梳妆台，玻璃上面的灰尘留有横一条竖一条的痕迹。这榻榻米房间里，像住过女人。

听老妇人说，这里只关押过一个女人。看来，其他被关押的可能都是男人。无疑，这里被关押过的那个女人是野末秋子。

他环视了一眼壁龛正面，这里按理应该挂立轴画。可现在那上面，却贴着一张啤酒公司的广告宣传画，一个手握啤酒杯的胖男人，脸上表情笑嘻嘻的。

明智小五郎仔细端详广告宣传画上的胖男子，脑海里浮现出疑问来。

胖男子的那对眼睛炯炯有神，就像活人的眼睛那样目不转睛地望着明智小五郎，可鼻子和嘴巴却与眼睛不协调，显得毫无生气。纵观广告宣传画胖男子脸上的五官，唯独那双眼睛栩栩如生。

明智小五郎不由得站起身来，重新审视这幅广告宣传画，猛然觉得刚才还是神气活现的眼睛，转眼间变得呆滞起来。

哦！他恍然大悟。胖男子的眼睛部位是可以移动的窥视孔，可以掀起来，也可以盖住。狡猾的医生就站在隔壁房间，眼睛凑到这个活动窥视孔上，榻榻米房间里的动静可以一目了然。

他拉开隔断到满是灰尘的外面房间，只见被铁链拴住脚脖子的“囚犯”蜷缩在角落里。

明智小五郎从衣袋里取出小刀，费了好一会儿功夫，也动了好一番脑筋，终于解开了拴在“囚犯”脚脖子上的铁链。

“囚犯”高兴地笑出了声。从他那傻乎乎的模样来看，好像是一个十足的白痴。明智小五郎无论怎么询问，获得解放的“囚犯”却一句都答不出。

少顷，“囚犯”从身上破烂不堪的衣服怀里抓出一把东西递给明智小五郎。原来，那是明智小五郎昨晚掉在地上的火柴，还有七根，此刻正放在“囚犯”的手掌上。

“太难得了！”

明智小五郎抚摸着“囚犯”的脑袋。

他决定在离开这里之前弄清楚这些歹徒的秘密，哪怕一点点儿也好。于是，他打算先调查榻榻米房间里的壁橱。

打开壁橱门，发现最里面的角落好像是衣服之类的东西，被卷成一团塞在那里。他把那一大团东西拽出后摊开打量，发现这些东西放在这里已经很长一段时间了，上面沾有不少霉点。

这团衣物中间，有两件女人衣服，一件好像是年轻人穿的，上面还有漂亮图案。看来，多半是野末秋子被关押时穿的。

另一件比较朴素，看上去很肥大，可能是肥田夏子穿的。此外，还有一件护士穿的白大褂。

再进一步查看，又发现一件红色的棉织衬衫，上面没有图案。

明智小五郎见状，立刻明白了。

这不是普通市民穿的衬衫，而是监狱里女囚犯专用的囚衣。这种令人生厌的衬衫为什么出现在这里？难道野末秋子曾经是囚犯？为慎重起见，明智小五郎又认真检查了这些衣服的袖子。

其中一件看上去很像野末秋子穿的和服袖子里，无声地滑出一张名片来。

医生　股野礼三

再看名片背后，是用铅笔写的几行小字。

我上次对你提起的救世主，地址如下：
东京都麻布今井町29号　芦屋晓斋先生
我已经拜托过他了，请你单独去他那里即可。
关于你的详细情况，他已经清楚了。

这里面，被称为“你”的这个人，太像野末秋子了。可上面说的那个救世主芦屋晓斋先生，到底是谁呢？医生又拜托他什么了呢？可能是帮助野末秋子做什么？

虽说就寥寥几行字，却让明智小五郎越发觉得其背后藏有骇人听闻的秘密。

为了日后的调查，他将名片藏在衣袋里，接着继续查看了碗橱和梳妆台等处。后来的搜查过程中，再也没发现可疑的东西。不知不觉的，黄昏临近。转眼间，黑夜降临了。

由于长时间的饥饿，明智小五郎开始觉得两眼直冒金星。

他返回外面那个房间，坐在“囚犯”旁边苦思冥想，肚子饿得难受起来，浑身感到乏力，不知不觉地睡着了。

当他突然睁开眼睛的时候，感到眼前的空气冷飕飕的，好像已经是深夜。

他爬起来点燃囚犯还给他的火柴，照亮周围，不见了“囚犯”的影子。

咦，去哪里了？

他朝门敞开的里间打量，发现“囚犯”正躺在榻榻米房间自己昨晚睡过的被窝里，舒舒服服地酣睡着。

这时，明智小五郎察觉窗外有红光。

那是什么？

院子里有火苗跳跃的烛光。

借助烛光，他发现医生正在蜡烛旁边不停地挥舞铁锹。铁锹下面，是黑洞洞的大坑。

这家伙想干什么？

他看着看着，突然明白了。

是啊！那一定是为埋藏什么大的东西而挖的大坑。这么深更半夜的，避开人们的视线挖坑，可能是……

他自言自语，站在黑暗里紧握着口袋里的匕首。

也许是想杀了我，把我埋在坑里？哼！我怎么可能由你们任意宰割……

片刻，医生似乎挖好坑了，朝屋里走来。

紧张的时刻越来越近，明智小五郎百倍警惕，摆出防卫架势，全神贯注地关注着门外动静。

突然，里间传出一声巨响，好像柱子折断，房屋倒塌那样的声音。他猛地拉开隔断朝里窥视，可里面暗得什么也看不见。

“喂，怎么啦？”

他压低嗓门询问躺在被窝里的“囚犯”，可没有回音。

他又掏出火柴点燃照亮周围，只见原来睡觉的地面出现了一个大窟窿，既没了被子也没了“囚犯”。他悄悄走到那儿，猛然感觉从大窟窿下面吹上来一股冷风。

恰巧铺有被子的部位变成大窟窿，那个可怜的“囚犯”一定是和被子一起掉到了下面的大窟窿里。

他把火柴点燃后朝窟窿里扔去，火柴掉到窟窿里约四米深度的地方“吱”地熄灭了。

是水！这下面好像是水井。

歹徒们为什么要如此残害弱智“囚犯”呢？他愣着双眼沉思起来。

不，歹徒一定是弄错人了！昨晚是我睡在这里的。歹徒也许估计到我今晚还会躺在老地方？再说，弱智“囚犯”的脚脖子上拴有铁链，不可能自由地来到里间的床睡觉。

还有，那幅广告宣传画的眼睛部位射出的视线，也许难以分辨躺在被窝里的究竟是我还是弱智“囚犯”。值得同情的是，可怜的弱智“囚犯”竟然代替我去了地下国。

明智小五郎想到这里赶紧环视周围，心想，眼下不能再磨磨蹭蹭了，三十六计，走为上策。一旦歹徒察觉到杀错了人，肯定会丧心病狂，不惜一切手段对他下手的。

摆在面前的只有一条路！赶紧找出房间里最薄弱处的壁板，将它砸坏后逃出去。

一定能找到的！

他发现贴有广告宣传画的壁板不是很结实，但那里有监视孔，稍有声响很有可能被察觉。

他走到房间角落抱起梳妆台，用它朝壁龛墙壁撞击。经过反复撞击，墙上的土稀里哗啦地直往地上掉落，裸露出细竹编织的骨架。

“好极了！”

他手按住细竹骨架，随后使劲儿扳。终于，那里出现了能让身体钻出房间的孔洞。

一钻到墙外，眼前是黑暗的走廊，地板像下山的坡道朝前倾斜。被自己砸破墙壁的房间，是在二楼。也许二楼没有楼梯，走廊朝着一楼倾斜。也就是说，二楼的走廊终端是一楼。

一路上畅通无阻。他一直，沿着走廊不停地朝前行走，转过一个弯后来到走廊终端。终端这里好像是门？眼下已经来到这里，除了推开这道门以外，别无其他选择。

明智小五郎孤注一掷地推开木门。

眼前，“啪”地出现了明亮的灯光。

灯光下是一张铺有被子的床，床上躺着略抬起脑袋的男子，身上还盖着被子。但他手握着铮亮的手枪，枪口直指明智小五郎。握枪男子，就是那个被明智小五郎救过命并送回家的岩渊甚三。

巧　　遇

岩渊甚二躺在地铺上，手握着对准明智小五郎胸口的手枪，声音嘶哑地嚷道："谁？站着别动！否则我就开枪了。"

明智小五郎见是岩渊甚三稍稍放下心来。歹徒再怎样凶恶，多半不会忘了我的救命之恩吧？

"是我！是我！把枪口朝着救命恩人，难道这是你苏醒后给我的见面礼吗？"

明智小五郎温和地说道。没想到歹徒岩渊甚三脸上露出尴尬的表情。

"啊，啊，原来是你？股野君没对我说关在隔壁房间里的是你，所以……"

"快扔下枪！我有话对你说。"

"我身体不能动弹，枪不能松手。"

岩渊甚三一边说一边朝四周扫视，好像是等待股野医生前来解围。

而这时，股野医生已经和老妇人捞起那具掉到水井淹死的“囚犯”尸体，眼下正在往坑里埋，一时三刻还来不了这里。

“我和你乘坐相同的火车并非偶然！我住在那幢幽灵塔别墅里，是跟踪你来到这里的。”

岩渊甚三听明智小五郎这么一说，大吃一惊，握枪的手自然而然地松懈了。

明智小五郎等的就是这一时机，猛地扑向他右手夺过手枪。

“拿这样的玩意儿跟我说话，你不觉得是累赘吗？我帮你保管！”

“好吧……但是，你要跟我说什么话？”

“你伤痊愈后，我希望你去很远的地方，不要再接近野末秋子。”

“你原来是想说这……可是，你大概还不知道野末秋子的真实情况吧？”

岩渊甚三笑了，笑得让人生厌。

“真实情况？”

“是的。我们在这里也好，不在这里也罢，其实都与野末秋子无关，可有人掌握了野末秋子的命运。让不让野末秋子获得幸福的权利，完全掌握在那个人的手上。”

岩渊甚三说的话令明智小五郎难以理解，从表情看不像开玩笑。

“野末秋子要改变命运，必须完成一项使命。说得再直接一点儿，能否完成这项使命，与野末秋子的生死有关。这一切，都掌握在那个人的手上。我所说的，没有半句假话。如果你认为我撒谎，那你最好直接去见那个人，听听他是怎么说的。”

明智小五郎越听越糊涂，但见他说话的表情十分认真，于是饶有兴趣地问道：“你说的那个人，他是谁呀？”

“那是我们的秘密，不可能让你就这样去见他。请你在向警方告发我们或者把我们赶到国外之前，一定要见到他。这，你必须向我承诺。你见到他，只要听他说完，你就会觉得我们根本就没丝毫可疑的地方。你见到他后，如果还认为我所说的是撒谎，那就随你怎么处置。像我这样的伤势，在你见到他后返回这里前不可能痊愈，我也根本不可能逃走或躲起来。”

“好，那请你告诉我他的姓名和地址。”

“他叫芦屋晓斋，住在东京麻布今井町29号。”

咦，明智小五郎想起从野末秋子穿过的和服袖子里滑落出来的那张名片，那上面印刷的姓名和地址，与岩渊甚三说的完全相同。

明智小五郎听他说完，立刻走出大门，沿着临近拂晓的漆黑道路，匆匆忙忙地朝车站走去。

返回钟塔别墅时，只见担任玄关值班的寄宿生一脸心事重重的模样。

“明智君，又出怪事了！”

“北川君呢？”

“在主人房间里。”

一走进儿玉丈太郎房间，便看到儿玉丈太郎躺在床上睡得很香，枕边的椅子上坐着满脸担忧的北川光雄。

“啊，明智君，我正等你呢！请跟我来！”

北川光雄一看见明智小五郎，赶紧迎上前。

“到底发生什么事了？”

明智小五郎一走进房间，连忙问北川光雄。

“又有凶手制造谋杀案！有人企图毒死叔叔，幸亏他命不该绝。叔叔喝的葡萄酒里，放有曾经出现过的那种毒药。”

“你知道是谁干的吗？有没有可疑的人来过？”

“没有外人来过。”

北川光雄凑到明智小五郎的脸旁轻声说道。

“哦！”

“警方说野末秋子可疑，说从所了解的情况看都与野末秋子有关。当时，叔叔这儿除了她之外没有其他人来过。”

“葡萄酒是从什么地方拿来的？”

“那跟葡萄酒没关系，葡萄酒瓶里什么也没有，而是斟入杯中的葡萄酒里有毒药……明智君，我无论如何也不信，可警方好像已经断定施毒者是野末秋子了。”

“那么，野末秋子有没有杀害你叔叔的动机呢？”

“有人向叔叔秘密揭发了野末秋子。揭发的人，就是那个叫长田长造的人。根据他提供的情况分析，野末秋子完全有这样的动机。”

“他说了什么情况？”

“他说野末秋子有前科，是罪犯。叔叔听了后非常吃惊，打算改写遗书，中止让野末秋子继承部分财产的条款。可就在这之前，葡萄酒的杯里被施了毒药。”

“她原来有前科……”

明智小五郎想起了蜘蛛屋里看到的那件囚衣，感到眼前一片茫然。

所有情况都对野末秋子不利。

“那，野末秋子的前科，是犯的什么罪？”

“详细情况我也不清楚，可警方说，先把野末秋子作为施毒犯罪嫌疑人拘留起来。明智君，我说什么也不相信野末秋子杀人的事。你说，眼下该怎么办好呢？”

“北川君，我的观点与你相同，可要拨开笼罩在野末秋子身上的疑云并非易事呀………多半是有人为了陷害野末秋子而设下的陷阱。可是……”

明智小五郎说完苦思冥想起来。

这时，他的脑海里浮现出一个人来。

是的！我必须找到医生名片背后写的那个人。等见到那个被称为野末秋子救世主的芦屋晓斋后，一定能明白一切。

“野末秋子好像隐瞒了自己的某段历史。遇到这种情况，要想救她唯一的办法是全面了解她的过去以及秘密。我还有一个想法，乘坐下一趟列车去东京。现在，我打算请求警方暂缓几天实施拘留野末秋子的决定。”

对于北川光雄来说，明智小五郎在这种时刻又要离开让他感到非常担忧。可明智小五郎说这是救助野秋末子的唯一办法，北川光雄不得不表示赞同他去东京的决定。

明智小五郎立刻拜访了警方，见到该案件的主要承办警官中村警长，叙述自己的想法后，建议暂缓拘留野末秋子的决定。

“警方的决定是正确的，但有关野末秋子究竟是否有前科，还仅仅是长田长造的举报。而警方只是接到这样的举报，手上并没有掌握确凿的证据。中村警长，是这样吧？如果没有确确实实的证据，警方就拘留她，这似乎太过于仓促了。我跟野末秋子没任何关系，完全是第三者，绝不可能站在她的立场上替她说话，只是因为偶然打听到一个比谁都清楚野末秋子情况的人，我打算去见那个人了解真相。”

中村警长耐心听完明智小五郎的解释，冷冰冰地问：“他是谁？”

“现在我还不能说出他的姓名，但请您答应我，在我从东京返回钟塔别墅之前，无论如何不要拘留野末秋子。”

“嗯，这么说，那个人在东京。”

“是的，我现在就出发去东京，一个来回至少需要三天时间吧，我这人绝不会对警方撒谎。见到那个人后，如果了解到的情况也证实野末秋子有罪，回来后我一定如实向您汇报。中村君，拜托您了！”

“可我是警察，不能擅自推迟办理拘留的手续。我只有向署长报告说，用于拘留手续申请的材料整理还需两三天时间。因此，在你见到那个人返回这里之前，也许还没有实施对她的拘留。可你如果真下决心去，希望你抓紧时间尽快赶回来。我只能承诺给你两三天的时间。”

明智小五郎听中村警长这么一说，赶紧返回钟塔别墅，向北川光雄说了这一情况后匆匆忙忙地打点去东京的行装。

再说野末秋子自施毒案发生后，一直闭门不出，整天愣愣地待在房间里。

“北川君，你给我好好看着野末秋子，我一个来回就两三天时间。这期间，万一她自杀可就麻烦了！”

“我明白了！去那个人的家里一定要精神抖擞……还有，东京是用钱的地方，我现在把这张支票和印章交给你。万一缺钱时，你就去东京总行取我的存款。叔叔给我的钱还有许多没用，你就别客气，尽管用吧！”

北川光雄紧握着明智小五郎的手，等他一走，便径直去了野末秋子的房间。

第二天早晨，明智小五郎在东京下车后马不停蹄，立即去车站广场喊了一辆出租车直接去了麻布的今井町。

到达那里后让他吃惊的是，在这样的地方居然有如此典型的欧式风格砖瓦结构别墅。

铁门关得紧紧的，门框上挂有写着“芦屋晓斋”四个字的门牌。

按门铃后，出现了一个腰板硬朗的老人，问话口气很生硬：“你来这里有何贵干？”

“请问芦屋先生在家吗？”

“哦，主人是否在家，要看客人是谁。请问，你是谁？”

这回答，让明智小五郎感到奇怪。

“我是先生朋友介绍的，从长崎赶来拜访他。”

老人接过明智小五郎递上的名片看了一会儿，不声不响地打开边门让明智小五郎人内。

“你说从长崎来，其实来这里的客人有许多来自很远的地方。有朝鲜客人，有中国客人，有印度客人等等，都是来拜访我家主人的。”

老人边说边领着明智小五郎来到客厅，随后朝里间走去。

客厅里的装饰和摆设，与建筑外观相一致，古朴、典雅。高档的羊毛地毯，精细雕刻的椅子和桌子……角落的橱架上放有一个人的头骨，那呆滞的眼神似乎紧盯着明智小五郎。

比这更为可怕的，是四周墙壁和天花板上镶嵌着的十多面大镜子，角度各自不同，仿佛进入了魔术镜屋的感觉。

明智小五郎试着站到其中一面镜子跟前，于是自己各个角度的模样出现在镜子里，简直让人毛骨悚然。

他根据镜子角度缓缓地移动视线……发现一侧墙上与天花板连接的顶角那里有宽度三十厘米左右的间隙。

看来，这间隙的作用是将客厅情况通过镜子反射，传到主人房间。

明智小五郎做这样的分析后，一种可怕的感觉顿时像电流般传遍全身。自己坐在客厅里的举止，被隔壁房间的主人芦屋晓斋看得一清二楚，自己完全处在他的监视下。

忽然，他又有了一个新的发现。

等一下！我的情况如果能反射到隔壁，按理说，隔壁情况也应该能反射在我的眼前。

他一边走一边琢磨房间里的所有镜子，以确认自己刚才的新发现，核实是否能见到隔壁房间里的情况。

可设计者在镜子角度上作了巧妙的改变，因此无论哪一面镜子里都看不到隔壁主人房间的情况。

他无可奈何地返回原来坐的沙发那儿，就在这一瞬间，凑巧处在自己眼前的那面镜子里出现了一个人影。

身着黑色西装的小个子男人，把手提箱模样的东西夹在腋下匆匆走了。

奇怪，这家伙我好像在哪里见过?

遗憾的是，只见到背影，无法辨别。

明智小五郎立即环视整个房间，想找到那家伙的正面模样是否出现在其他镜子里。

“啊，想起来了！这家伙叫黑川，是律师！”

明智小五郎回忆起来了，自己曾在钟塔别墅的院子里见到过他，是北川光雄介绍的。

黑川律师来这里干什么?

他对黑川律师的来意正在作种种假设的时候，刚才的那个老人进来了。

“先生同意见你，请跟着我走！”

明智小五郎跟在老人身后沿昏暗的走廊转了好几个弯，来到走廊深处的一个房间。

这房间多半是芦屋晓斋的书房，十分宽敞，大约有八十平方米，贴着四周墙边摆放着落地书橱，书橱最高处连着天花板，里面放满了西方的医学书籍。

房间中央放有一张大书桌，桌子底下铺有一块与桌子大小相同的榻榻米，桌子内侧坐着一个白发银须的老人，表情威严，目光冷峻，鼻梁挺拔，嘴唇红润。

那模样，与他的年龄似乎不太吻合。从皮肤的颜色和硬朗的骨架来看，不像纯粹的日本人，很像混有西方人的血统。

芦屋晓斋老人盯着明智小五郎观察了好一会儿，接着用严肃的语调对他说："听说你是我的朋友介绍来这里的，他是谁？"

明智小五郎顿时语塞，犹豫了片刻，决定说出歹徒的名字。

"是岩渊甚三，他说了您的情况……"

这时，芦屋晓斋老人的目光即刻变得高度警惕起来。

"奇怪……我怎么不认识叫岩渊甚三的人……"

"这，岩渊甚三是医生股野礼三的好朋友……"

突然，明智小五郎觉得应该说出医生的名字。

"哦，是股野君？这个人我认识。你带他写的介绍信了吗？"

"没带介绍信。"

"那可就对不起了！我的原则是不见没有朋友介绍信的人……"

明智小五郎猛然觉得词穷，可急中生智想起了在蜘蛛屋找到的股野礼三的名片，理应还在自己的衣袋里，于是赶紧在所有的衣袋里找了起来。

"我这里有股野礼三的名片。岩渊甚三说，没有介绍信也行，只要带上这张名片，多半就能见到您。于是他给了我这张旧名片，名片背后写的内容，想必还在芦屋先生的记忆里……”

芦屋晓斋接过名片看了一会儿：“嗯，我记得。这上面写的‘你’，是指野末秋子。你是那女人的朋友吗？”

他开始兴奋起来。

“是的，我们很熟，我来这里就是为野末秋子……”

“啊，是野末秋子吗？那个美丽姑娘……可由于长得太美了，我那办法并不怎样……嗨！今天可真奇怪！这姑娘我已经忘记很长一段时间了。可今天，竟不断有人向我提起她！就在刚才你来之前，也有一个人向我提起野末秋子的事情。”芦屋晓斋自言自语道。

“您说在我前面来的那个人不会是黑川律师吧！如果是他，我也认识。他大概是为野末秋子来拜托您的吧？”

“抱歉，替委托人保密是我的义务。因此，我不能告诉你他托我的事情。”

“对不起，请原谅我的冒昧。我想，只要拜托您，无论委托人或被委托的事情处于如何困难的局面，您大概都能化险为夷吧？”

“这是当然的。可是，这必须在委托人全盘说出真实情况后再考虑是否接受，也绝不允许委托人有半点儿隐瞒。还有，绝对不能向旁人透露……喂，你来我这里是不是也触犯了法律，是不是也马上要遭到逮捕啦？你大概是为这来向我求救的吧？请说说具体情况。”

“不，想请您救助的不是我，而是野末秋子。”

“什么？根据迄今为止被我救助过的人的情况来看，只要获得过我的救助，绝不会第二次再向我求救……”

“可是，野末秋子现处在难以脱身的困境之中，我就是为她从遥远的长崎赶来您这里的……”

“啊，值得同情。可你要知道，这可是把脑袋系在裤带上玩儿命的活。因此，必须在报酬谈妥付清后我才能决定是否接受委托。对不起，每件委托的单价是两百万日元。”

“行，不用说，我身上带着呢。”

芦屋晓斋开的价格昂贵得像天文数字，明智小五郎不由得大吃一惊，但想到为了拯救野末秋子，于是干干脆脆地一口答应了。

北川光雄从叔叔那里得到的钱款，远远超出两百万日元。

“我的原则是，不拿到报酬，不接受委托，连话也不说半句。”

芦屋晓斋老人斩钉截铁地坚持道，于是明智小五郎赶紧掏出支票簿，在其中一张支票上填写两百万日元的金额。

芦屋晓斋老人接过支票核实后，似乎终于放心了。

“好，现在就进入主题吧？”

他把明智小五郎带到最里面的房间，约比刚才的书房小一半，四面靠墙书架上也摆满了欧洲的古旧书籍。其中最吸引人的，是悬挂在房间里犹如烟囱形状的金属筒。

“这是观测镜。坐在这里，我可以通过观测镜看见客厅里的全部情况。”

芦屋晓斋一边说一边取出蜡烛点燃后手拿着走到一侧书架跟前，从上面取下两本英文书，再把手伸到这两本英文书原来放的位置，神秘地不知摆弄了什么。

令明智小五郎吃惊的是，那里的整排书架不停地晃动起来。

这是密室入口。

“来，请跟我来！这前面就是楼梯，请小心脚下。”

芦屋晓斋举起蜡烛走进黑乎乎的洞窟里。楼梯很陡，一直向下延伸，似乎是通向很深的地下室。

明智小五郎被难以形容的恐惧感包围着浑身直打冷战。

交　易

朝着黑乎乎的洞窟里每走一步，一种难以言喻的潮湿土味便直冲进鼻子。周围是坚固的砖墙，土屑时不时地掉落在脖子上。

“喂，这里面才是我的工作场所。”

正面是紧闭的大铁门。芦屋晓斋从衣袋里掏出钥匙打开门锁。

里面的房间更大更宽敞，灯光耀眼，亮如白昼。中央放有外科医生的手术台，右侧墙边放有化学实验用的试管和手术器具之类的各种器械，简直是琳琅满目。

“好，请坐这里。”

芦屋晓斋老人坐在入口左侧的桌子内侧，请明智小五郎坐下。

房间里的左侧墙边，没有像右侧墙边那样放许多器具，但是墙壁里镶嵌着一个硕大的保险柜。

“接下来，请你欣赏我的惊人技术！野末秋子在获救前是怎样情况？我让你看活的样本，那最能说明我高超而又精湛的技术。”

明智小五郎变得踌躇起来。什么活的样本啦，什么获救前是怎样情况啦等等，简直越听越糊涂，根本无法弄明白这芦屋晓斋到底想说什么。

“过来，请到这边来。”

芦屋晓斋又站起身，带着明智小五郎走到大保险柜跟前。

他低着头，手频频转动密码盘，片刻传出咔嚓的金属响声，紧接着大门无声地开了。

令明智小五郎震惊的是，这不是保险柜，而是一个漆黑窟洞。

芦屋晓斋端着的蜡烛，催促明智小五郎跟在他身后向里走。

这是一条纵向延伸的通道，长度约六米左右，左右两侧是一排排犹如银行保险库里的保险柜，上面有许多正方形的金属门。

他打开其中一个金属门，取出两个桐木盒子放在明智小五郎跟前。这是模仿砚台盒制作的。

“你最好看一下，这就是野末秋子的前身和后身。”

明智小五郎打开两个盒盖。

桐木盒里装有扁平的东西，被白色绸布整整齐齐地包裹着。

“咦，这不是野末秋子的脸吗？”

那是蜡制的脸部模型。明智小五郎只瞟了一眼，就看出那是野末秋子。

“都是野末秋子的，是我从她脸上定型后制作的模型。好了，接下来打开这个看看！”

芦屋晓斋压低嗓音轻轻地说。这时，烛光微微地摇晃起来。

“怎么样？我可以把人变成另一个完全不同的人，并赋予新的生命。这就是我的魔术，这也是我所有学问的结晶，可谓世界上最尖端的技术之一。我用这项技术为许多被烦恼和痛苦困扰的人改变了脸的模样，让他们变成其他人活在世上。”

明智小五郎解开另一只盒里的白色丝绸包裹，目不转睛地望着那里面的蜡脸。

这张脸好像在哪里见过，可看着看着，又觉得越来越陌生。

明智小五郎惊讶得说不出话来，茫然地站在那里一个劲儿地发愣。

“明白了吗？这是我挽救野末秋子前她的原来模样。”芦屋晓斋低沉的嗓音，在明智小五郎身边响起。

“什么？您说什么？”

明智小五郎比较着眼前的两张蜡脸模型。

把一个活生生的人变成完全不同的另一个人，这能行吗？

可眼前的事实，也就是这两个模型有力地证明了芦屋晓斋所说的是真实的。

“年轻人，请跟我到那房间去，那儿亮堂，请允许我在那里详细讲述这一秘密。”

此刻，明智小五郎觉得自己变成了一座冰雕，莫名的恐怖感笼罩着全身。

两个人一前一后回到刚才的房间，芦屋晓斋关上保险柜的门，坐到桌子里侧的椅子上，缓慢地说了起来：

“喂！年轻人，瞧你这魂飞魄散的模样！可这都是事实，要详细解说我的高超技术，恐怕就是写上十本书也不够。要理解和研究我的学说，首先必须具备医学、电气学和化学等专门知识。

“因此，我只能简明扼要地说说，请别见怪！用一句话说，所谓整容技术，是整形外科、眼科、齿科、耳鼻科、皮肤科和美容术等等的综合技术。

“这房间就是整容手术室，采用特殊的电气手术刀进行。这也是我发明的。无论身上有什么伤痕，只要使用这种电气手术刀修整，再休养几个月，便可不留任何伤疤。

“凡委托我进行手术的人，手术后必须在我家里住上半年。因为，这期间还得进行几次手术。”

“原来是这么回事！我明白了。可刚才那两张蜡脸模型上，我总觉得有相同地方。”

“为了给野末秋子动手术，我可是绞尽脑汁费了不少心思。如果说有相像的地方，只能怪我技术上还不到家。她原来那张脸长得非常美，简直没一点儿缺陷。

“在接受委托给她动手术的时候，我的本意是希望手术后的脸比原来的脸更漂亮，可我的技术在野末秋子的脸上没有得到充分发挥，远远没有达到自然美的效果。

“为此，我反复进行了好几次手术，但最终都以失败而告终。可以这么说吧，这是我从事整容医学生涯从未有过的遗憾，唉……”

芦屋晓斋叹了一口气。

“那么，您知道野末秋子当时的处境吗？”

“你想知道吗？我那样做，也是出于无奈。现在你既然也委托我了，也就没必要向你隐瞒了。你看一下她整容前蜡脸模具的内侧！那上面有简单记录。”

明智小五郎的目光迅速移到蜡脸模型内侧，那上面有用钢笔写的几行小字：

姓名：和田杏子；

事由：犯有杀害养母罪，被长崎法院判处无期徒刑；

经纬：经医生股野礼三介绍，由辩护律师黑川太一护送来这里；

目的：越狱；

疗程：从当天开始，整容手术和手术后疗养一共七个月。

“先生，您一定是弄错了吧？叫和田杏子的女人在监狱里因病早已死亡，墓地里还竖有她的墓碑，应该不在这世上了。”

对这荒唐的记录，明智小五郎感到震惊，他望着芦屋晓斋的脸问道，但语气很平静。

“表面上应该这样理解，但事实恰恰相反。那女人为自己竖了墓碑，随后变成另一个人活了下来。”

“如果说这具蜡脸模型真是和田杏子的，那么，请问老先生，您有什么证据吗？否则，只能断定模型内侧记录的内容是您编造的。”明智小五郎步步紧逼。

“好吧，你想看证据，那我就给你看。”

芦屋晓斋从房间角落的书架上取下一本陈旧的报纸剪贴簿。

“这是当时的新闻报道，上面有照片，请你仔细看！”

那是关于幽灵塔别墅铁老太被杀害的案件报道，正中间是杀人凶手和田杏子的放大照片。明智小五郎把照片与蜡脸模型比较了一番，才知道和田杏子跟野末秋子确实是同一个女人。

“怎么样，你该明白了吧。我现在说说和田杏子为什么要变成野末秋子的原因吧。”芦屋晓斋说起了奇怪的回忆。

那是五年前八月份的一天，长崎的黑川太一律师带着一封介绍信前来拜访芦屋晓斋。介绍信是医生股野礼三写的，他与芦屋晓斋是早就认识的好友。

黑川太一是杀害铁老太凶手和田杏子的辩护律师。他先让和田杏子越狱，接着要求芦屋晓斋用整容技术将她变成另一个女人。和田杏子越狱获得成功的主要功臣，是医生股野礼三。

当时，他担任长崎监狱的狱医。

股野礼三称和田杏子患病，以这个借口让她进监狱医院治疗，再使用从芦屋晓斋这里学到的办法，让和田杏子服下印度毒药，从而变成暂时死亡的状态，然后把她当作死人运出医院。

印度毒药虽毒性剧烈，但只要减量使用，就能让服用者处于暂时死亡状态，也就是脉搏和呼吸都停止。经过一个昼夜，服用者会自动苏醒过来。

股野礼三减量使用了这种印度毒药，成功地骗过监狱严格的监视。而不能忘记的是，当时担任监狱医院护士的肥田夏子也功不可没。她与股野礼三齐心协力，才得以使和田杏子，也就是现在的野末秋子获得越狱的成功。

和田杏子服用印度毒药后变成计划里的假死状态，股野礼三便以酷暑易使尸体腐烂为由提出迅速善后处理的建议，立即得到上司的许可。

由于律师黑川太一在监狱外面配合，使得处在假死状态中的和田杏子被立刻运出医院并送到幽灵钟塔别墅的墓地。尽管那里竖有墓碑，但那下面只是一口空棺材而已。

和田杏子苏醒后，股野礼三让她女扮男装，由黑川太一立刻带到芦屋晓斋的别墅里接受整容手术。

和田杏子经过整容变成另一个女人后，被送到肥田夏子哥哥岩渊甚三的蜘蛛住宅，度过相当一段时间的隐居生活。

听完芦屋晓斋的讲述，明智小五郎脑海里的一大团疑云，犹如太阳升起晨雾消散那样暂时化解了。

细细想来，野末秋子扫墓，可以说是尽量忘掉自己的前身，因此也没什么不可思议的地方。儿玉丈太郎和长田长造看见野末秋子时，那种惊讶得甚至昏厥过去的表情，现在看来也完全正常。

如果说野末秋子她真是铁老太太的养女，那么知道如何转动大钟发条也并不奇怪。毕竟她在幽灵钟塔别墅里住了那么长时间，自然也就知道了钟塔的秘密，掌握了钟的启动方法。

“我明白您所说的一切……这和我以前想的完全是两码事，真把我吓得不轻。”

明智小五郎就像公开自己的错觉那样，目光紧盯着桌上的两具蜡脸模型。

不用说，北川光雄得知这一消息肯定会大失所望！

此刻，他的眼前仿佛浮现出北川光雄的脸来。

北川光雄他一直坚信野末秋子是清白的，希望她像自己的姐姐那样。可是，必须得告诉他，像他这样理想化的梦是不现实的。

想到这里，明智小五郎猛地抬起头来看着芦屋晓斋说：“先生，请允许我用刚才给您的钱买下这两具蜡脸模型好吗？”

话音刚落，他的手已经伸向桌子，抓起两具蜡脸模型重重地摔在地上。蜡制的模型非常脆弱，一碰上坚硬的地面，立即变得四分五裂，大小碎块夹杂着碎末朝四处飞溅。

明智小五郎站起来，一边用脚踩碎片，一边感到心里痛快。

芦屋晓斋目瞪口呆，但也没生气，苦笑着说：

“真拿你没办法！这纪念品虽对我来说十分珍贵，就让给你吧！其实，我是一个十分细心的人，为防止出现意外，在你来之前，又模仿那两具蜡脸模型制作了一对，也就是刚才让律师黑川太一给带走了。”

“原来是这么回事！我就是现在也没有庇护野末秋子的意图，那好吧，失礼了！”

明智小五郎觉得已经没有什么可以再问芦屋晓斋的了，为尽快返回北川光雄的身边，告别老人后他连忙离开了地下室。

蜡　　脸

在返回长崎的路上，明智小五郎的心情非常沉重。

回到幽灵塔别墅后该怎么做才好呢？

无疑，中村警长按照承诺还没有拘留野末秋子，而是等明智小五郎去他那里。届时，只有并且必须对中村警长说，请拘留野末秋子！

因为，已经没有可以推翻她是越狱犯的理由和证据了。可是，如果有人说他这么做是阴谋，那可就太让他难受和委屈了。

眼下，明智小五郎的心里还是感到纳闷，总觉得看上去似乎不可推翻的证据有漏洞，总觉得还有尚未察觉到的盲点。

想着想着，他忽然间想起了黑川太一律师。

他来芦屋晓斋这里干什么？为什么要带走那两具蜡脸模

型？看来，必有原因。

明智小五郎决定拜访律师黑川太一。

北川光雄介绍律师黑川太一情况的时候，曾说过黑川律师事务所设在长崎。在长崎车站下车时，明智小五郎看了一眼手表，已经晚上八点多了。

黑川律师事务所在一条住宅街上，周围显得很冷清。当明智小五郎走到事务所附近时，发觉事务所门口好像有人。于是，故意弄出脚步声响朝那里走去，没想到那可疑人影着了慌，瞬间在黑暗里消失了。

黑川律师事务所兼住宅的玄关那里，放有一双女人高跟鞋。律师黑川太一出来开门，一见到按门铃的是明智小五郎，便冷冷地问道："你是明智君吧？有什么急事一定要这么晚……"

"是的，有紧急的事。实话对你说，我是刚从芦屋晓斋那里回来……"

"什么？"黑川太一惊讶得差点儿跳起来。

"是的，我跟你是前后脚的时间差……我知道你带回两具蜡脸模型，想登门询问派什么用处。请问，你难道想用那两样东西威胁野末秋子吗？"

黑川太一紧盯着明智小五郎的脸端详了好一会儿，似乎终于下决心似的冷漠地答道："那两具蜡脸模型，我已经给野末秋子送去了。"

"你为什么要那样做？"

"因为她没有兑现我跟她之间的约定。"

“什么约定？”

“嗯，你去过芦屋晓斋那里，应该清楚野末秋子的全部情况。在救她出监狱的时候，我跟她之间有约定。”

“原来是这么回事。帮助无期徒刑的囚犯越狱，是葬送自己前途的犯罪行为，可以想象其背后一定有什么秘密交易。我想请你告诉我，你俩之间到底是什么约定？如果你觉得可以说，请告诉我好吗？”

黑川太一踌躇起来，好像在与自己的感情作一番较量，他脸朝着地面沉默了许久。片刻过后，他轻声说了起来：

“百般央求我帮助她越狱的，就是现在的野末秋子本人，说她有无论如何要完成的使命。她又是磕头又是作揖，缠着我帮她越狱。看到她令人同情的痛苦模样，我的心终于软了，请股野礼三、岩渊甚三和肥田夏子做内应帮忙。

“结果像芦屋晓斋对你说的那样，我们的越狱计划获得了成功。当时，我向野末秋子提过一个条件：如果越狱成功，必须嫁给我与我结婚。她答应说，只要能完成使命，不管怎样都行，也就是说同意了我的要求。

“当然，股野礼三、岩渊甚三和肥田夏子他们帮忙的目的，是为了操纵野末秋子，让她做内应，窃取渡海屋市郎兵卫藏在别墅里的巨额财产。

“谁知野末秋子会突然鸿运高照，摇身一变，变成了长崎法院原院长家的养女。可从那时起，她就开始讨厌我，对我避而远之，就连见我一面都不愿意。

“不用说，她曾经答应与我结婚的许诺也不可能兑现了。

实话告诉你，我无法忍受她的冷落，思来想去，不得不采用最后手段。我的最后手段……也就是那两具蜡脸模型……”

“如果你刚才说的都是实话，那就构成威胁弱女子的犯罪行为了吧？要我说，这都不是男子汉的做法。明天，警方将拘留野末秋子。等到她进监狱重新服刑，那你所有的努力不就付诸东流了吗？”

“所以我想见野末秋子，打算在警方拘留她前与她一起远走高飞……”

就在这时，突然间传来轻轻的响声。明智小五郎敏捷地转过身循声望去，意外的是，野末秋子幽灵般的站在那里，脸色铁青。不知她是什么时候来到这里的。

野末秋子似乎听完了两个男人之间刚才的对话，用抱怨的眼神盯着明智小五郎的脸。少顷，她摇摇晃晃的……顷刻间瘫软在地上。

“啊，秋子！”两个人同时喊出声来。

黑川太一发疯似的吼叫，扶起野末秋子。明智小五郎则站在旁边没有挪动脚步，瞪大两眼望着昏迷的野末秋子。

仰天倒地的野末秋子，犹如天上下凡的绝世美女。这样的女子真的会杀害养母和越狱吗？明智小五郎无法相信这是事实。

如果她真是满肚子坏水的女人，从她外表多多少少能察觉到一点儿。而野末秋子，无论外表还是举止，无不给人一种纯洁无瑕、温文尔雅的感觉。

我不是在做梦吧？如果不是做梦，那就一定是被罪犯伪造的假象迷惑，迷失了方向。

明智小五郎踌躇不安起来。

黑川太一似乎猜出明智小五郎在想什么，坚定地说：“明智君，作为律师的我也不是吃素的，假设了可能出现的种种情况后特地留下了完整的证据。芦屋晓斋说他打算让野末秋子手腕上的伤痕完全消失，但被我拒绝了。这是我掌握的唯一把柄，不然的话，我主张的权利也就不存在依据了。”

黑川太一说完，举起昏迷不醒的野末秋子的左手，扯下她手腕上的长手套。

啊，简直是难以形容的伤疤！正好是在小臂部位。伤口的深度无疑触及了骨头部分，形状呈月牙形。据说，和田杏子杀害铁老太时被狠狠咬了一口。

明智小五郎不忍心看这样惨不忍睹的伤疤，背过脸去说：“我万万没想到野末秋子会来这里。如果事先知道，我绝不说那样的话。她为什么来这里？”

“她来这里，可能是为了我刚才说的那两具蜡脸模型。一旦看见那模型，就等于真相暴露，她肯定惊恐万分。因为，她目前所得到的一切都将化成泡影，等待她的又将是锒铛入狱。她匆匆赶来这里，证明我制定的计划奏效了。”

明智小五郎寻思着，觉得这些都是黑川太一的想象而已。

可一想到他为了威胁野末秋子，迫使她回到自己身边，居然千里迢迢赶到东京取回蜡脸模型，不得不为黑川太一的狡猾和奸诈而感到惊讶。

“好，她好像苏醒了。”

黑川太一嚷道，似乎放下心来。野末秋子睁开眼睛用吃惊的眼神望着面前的两个人问道：“呀，我这是怎么啦？”

她害羞地嘟囔着，紧接着神经质地看了看自己的左臂。即便现在这时候，她也还是没忘记左臂上的月牙状伤疤。

不用说，黑川太一让明智小五郎看了她的伤疤后，早就将长手套给她戴上恢复原来模样。

她不清楚休克时左臂上的伤疤已经暴露，脸上浮现出放心的表情。可接下来的一瞬间，她的脸立刻变得冷若冰霜。

“明智君，我是和田杏子，你没说错……好了，再见吧！我将再也不给各位添麻烦了。”

她喃喃地说完，使劲儿站起来，摇摇晃晃地想要走。

“等一等！秋子小姐，中村警长原准备拘留你，我得知这一情况后请他宽限几天，他也答应了，于是我去了东京。要问我去东京的原因，那是因为我一直相信你是清白无辜的。

“可去了东京后，我原来的想法被彻底推翻了。如果你确实是越狱罪犯，再怎么隐藏也是插翅难飞的。因为，警方就是追到天边也会让你归案的。

“在把你交给警方之前，我有话要问你。理由呢？还是老话，那是因为直到现在我仍然不相信你有罪。你能不能跟我坦诚地说说？也许我能帮你一把，你同意吗？”

明智小五郎真诚地期待着野末秋子的回答。

不料话音刚落，门被推开了，一名男子径直闯入房间。

“明智君，跟你约定拘留野末秋子的期限到了，已经没有商量的余地了。”

说话的是中村警长。他们三个人惊讶得不知如何是好。

追　　捕

中村警长看着他们继续说道："从决定拘留野末秋子的那天开始，我一直在她周围监控。刚才看见她悄悄地溜出钟塔别墅大门，便一直跟踪她来到这里。我在周围监控没多长时间，却出现了明智小五郎你，而且，你还在按门铃后进入黑川律师事务所。奇怪，我开始怀疑你想耍什么阴谋。于是我埋伏在玄关旁边，从一开始就在监听你们之间的对话，哈哈哈……"

可见，刚才在附近徘徊的可疑男子是中村警长。

中村警长解释完毕，表情严肃地走到野末秋子跟前："野末秋子小姐，请立即跟我去警署！不说理由你也应该清楚是吧？跟我走吧！"

终于，野末秋子预感重回监狱的时刻到了。不光被怀疑毒害儿玉丈太郎，还将暴露前科，因为越狱而受到法律的严惩。

眼下，不可能再次溜之大吉了。

不能把野末秋子交给警方，不然的话，一切都完了！刹那间，明智小五郎做出这样的判断。

虽然没有很清楚的理由，但他总觉得这女子是无辜的，因此必须帮助她。明智小五郎朝黑川太一使了一下眼色，随后转动目光，冷峻地盯着中村警长。

这时，黑川太一像猴子似的迅速蹿到门口，啪地关上大门，插上保险栓，使出全身力气朝中村警长扑去。明智小五郎见状，帮助黑川太一把中村警长的手扭到背后。

“干得太漂亮了！明智君，紧紧按住他！我去拿绳子来……”

黑川太一说完，慌里慌张地跑进隔壁房间。

明智小五郎猛然惊醒捆绑警察是犯罪行为，从冷静而理性的角度分析，野末秋子必须让警方拘留，他只是觉得在道理上不服警方的贸然行动。

即便自己的想法正确，但并没有证据能证明，自己也属贸然行动，这样做究竟是否正确?

开弓没有回头箭，眼下已没有理由走回头路。刚才的反省和犹豫还是平生头一回，他故意不看中村警长那张怒气冲冲的脸，使劲儿把他按在地上。

片刻，黑川太一带着书生赶来，手上拿着细绳索。

“对不起，中村警长，我们得把你绑得不能动弹。”黑川太一开玩笑地说道，仅一会儿工夫就将中村警长的手脚捆得结结实实的。

“好，绑得够结实的了！中村警长，委屈您在壁橱里歇一会儿吧！”

黑川太一与书生合力抬起被五花大绑的中村警长去隔壁房间，打开橱门，把他抬入黑暗的壁橱里。

“现在，警察的问题解决了，正老老实实地躺在壁橱里呢！可野末秋子的问题怎么解决？明智君，我看我俩先找野末秋子商量一下，看看有没有好的救助办法？”

黑川太一律师干了与身材不相称的体力活，大口大口地喘着粗气，他一边掸去身上的尘土，一边返回客厅。明智小五郎紧随其后。当返回客厅时，发现房间里空空荡荡的，刚才还站在客厅中间的野末秋子已经无影无踪。

“咦，怎么回事？秋子小姐，已经没有值得担心的事了，快请出来吧！”

黑川太一一边喊，一边在客厅里转来转去地寻找野末秋子。突然，他转过脸朝着明智小五郎惊叫：“糟了，野末秋子逃走了！你看那里！”

明智小五郎顺着他手指的方向望去，见大门敞开着。

黑川太一与明智小五郎立即朝玄关跑去，发现玄关的玻璃拉门也是敞开的，那双女式高跟鞋也不见了。

野末秋子趁他俩一门心思捆绑警察之机，偷偷溜走了。

明智小五郎跑出玄关环视周围，除笼罩在住宅街周围的黑暗外，什么也没有看见。他的脑海里猛地掠过一个想法。

“黑川君，野末秋子会不会自暴自弃？”

“你是说她寻短见？”

“是的。”

“不，我认定她不会那么做。现在，她的处境十分艰难。类似这样的经历，在她越狱后的几年里已经碰上好几回了，如果她的意志像你说得那么脆弱，她早就自杀了。我想她肯定是回钟塔别墅了，那里应该还有她必须做完的事情。”

黑川太一的语气很自信，而且非常冷静。

“你的判断大概是对的？”

“她应该是乘坐去K町的末班车回钟塔别墅。”

“那好，我去车站核实一下就来，因为我也得对她的安全负责……”

“那你就快去快回吧！如果发现她是去幽灵钟塔别墅，那你就赶快回来。因为，我有重大事情要跟你商量。还有，不可能就这样把中村警长一直搁在壁橱里。”

黑川太一说的话，明智小五郎似乎只听完了前半部分，便匆匆消失在门外的黑暗里。

他一口气跑到车站，约五六百米的路程累得他气喘吁吁。当他进检票口的时候，凑巧开往K町的列车还没有发车。

他手握着车票冲到站台上，从车头朝车尾跑去，边跑边隔着玻璃窗寻找车厢里是否有野末秋子。

这辆列车上，二等车厢仅一节。当跑到这节二等车厢时，发现野末秋子登上铁梯正在朝车厢里走去。

她的脸色虽苍白，但丝毫没有惊慌的神情。

看到这一情景，明智小五郎松了一口气，目送着列车驶离车站后，按照与黑川太一的约定再次返回黑川律师事务所。

私　欲

黑川太一靠在客厅的沙发上，等待明智小五郎返回。

“怎么样？我估计的没错吧？”

观其脸上的表情，黑川律师似乎对野末秋子的想法和行动非常清楚。

“我确实看到她乘坐开往K町的列车，可不知道她究竟是不是返回钟塔别墅。”

“我的判断绝对不会有错。明智君，我这样说是有道理的。”黑川太一脸上浮现出奇怪的笑容。

“没有犯罪的人，多半是不会因为冤枉而自杀！”

“什么，冤枉？你是说野末秋子是被冤枉的？”

“是的！要我说，她什么罪也没有，是清白无辜的。”

“果然不出我所料！说她在儿玉丈太郎喝的酒里放毒药，

我一点儿都不信。我还没调查过去发生的事情，耳边听到的只是过去延续下来的传闻……”

“可那都与事实根本不相符合的事情。关于这些情况，我也是最近才听说的，还没对任何人说起。杀害铁老太的凶手，不是和田杏子，而是另一个人。这情况，野末秋子本人也不清楚。现在，就是公布野末秋子与和田杏子是同一个人，也已经是老掉牙的新闻了。也就是说，她已经没有什么可以担心的了！”黑川太一探出上半身，像公开重大秘密那样悄悄说道。

明智小五郎感到十分意外，但也没有轻易相信他说的所谓事实。

“那大概是六年前发生的凶杀案吧？判决的结果是由儿玉丈太郎法官宣布的。理由嘛，可能因为和田杏子是一般平民吧。

“是的。我想你也已经知道，我当时是和田杏子的辩护律师。为了证明她是清白的，我想方设法抛弃开口就向当事人要钱的律师习气，绞尽脑汁收集证据。可怎么也推翻不了检察官的指控证据。

“据说铁老太嘴里的那块人肉，与野末秋子左臂上被咬掉的部位一致，而且经法医认定，确实是她左手臂上的肉。由于这是难以推翻的事实，就连我这个律师，也无能为力了。

“那时，我是她的辩护律师，经常去拘留所询问当事人和田杏子的情况。可从第一天开始，她就矢口否认自己杀人，脸上也丝毫没有胆怯的神情。

“尽管如此，法官还是下达判处她终身监禁的判决。她感到冤枉，号啕大哭了一场。至于野末秋子必须完成的使命，就是要翻案以证明自己的清白。

“假如警方没能力抓获真正的凶手，她准备依靠自己的力量找到罪犯。她向我发誓，一定要亲自抓获真正的罪犯让警方让世人看，证明自己是遵纪守法的公民。

“我刚才说了，野末秋子百般央求我一定要救她出狱。听了她的诉说我很同情她，就联络了一些朋友，制定营救计划，做好了救她出狱的一切准备。

“尽管帮助犯人越狱是重大犯罪，可在当时，甚至现在，我都丝毫没有感觉自己做了什么坏事。虽说没掌握证明她无罪的确凿证据，可我坚信她是清白的。

“就在最近，我终于找到可以证明她无罪的证据。真正凶手果然是另一个人。凶手是谁，现在住在哪里，犯罪动机是什么，他采用了什么杀人手段等等，我都已经了如指掌。”

听到这里，明智小五郎一直憋在心里的疑团顷刻间化为乌有了，顿觉心情舒畅起来。啊，自己的第六感觉果然正确。可在兴奋的同时，他仍然觉得还有许多不解的地方需要黑川太一回答。

“黑川君，你为什么不把这情况告诉野末秋子？按理你应该先对她本人说，再告诉我才是呀！”

“这是有原因的，与你商量的原因是……这里有我的苦衷。”

黑川太一目不转睛地盯着明智小五郎。明智小五郎目光没有闪躲，他慢悠悠地开口说道：“黑川君，我不可能接受你提出的商量内容。我做事是有原则的，那就是坚持正义坚持公道。你不向野末秋子吐露真情，大概是怕失去她吧？

“可是，野末秋子一旦被证实是无辜的，你那些威胁她的材料也就不起作用。到那时，野末秋子获得自由后可以与自己喜欢的人结婚，也可以不受你的约束自由行动。

“黑川君，你不觉得这样做太残忍了吗？我说得难道不对吗？达不到自己的目的就不帮助别人，甚至明知道别人无罪还佯装不知，这种做法是最卑劣的。

“你听明白我说的意思了吗？如果你真为野末秋子着想，那就请你把好事做到底，立刻给她自由。”

黑川太一听到这里，竟厚颜无耻地笑了。

明智小五郎见状不由得怒火中烧，双手握成拳头。他已经无法忍受黑川律师这一极不道德的做法。

“明智君，不论道理在哪边，我都不在乎。我还是要按照自己的计划进行！野末秋子现在能够活在这世上，也多亏我的帮助。说到这里，她按我说的做，应该是合乎情理的。你把我说成卑劣也好，不仁慈也罢，其实野末秋子更任性。从某种意义上说，我才是她的救命恩人，难道不是这样吗？再说我要求她做的，对一个女人来说也不是很困难的事情。也就是说，只要她同意跟我结婚就可以了。”

明智小五郎一声不吭地听完，片刻后厉声说道：“好，如果你真要按刚才说的做，那就只好随你便了！但我决定依靠自身力量找到证明野末秋子无罪的证据，让她获得自由。”

“是吗？可问题是，就像我刚才说的那样，证据只掌握在我的手里。野末秋子如果不与我结婚，我就将证据一直捏在手里，直至失去法律效力为止。怎么样？只要我坚持那样做，她就永远无法证明自己是无罪的。

“虽然宇宙无限辽阔，但能成为证据的只有一个。明智君，你就是费再大力气去调查，也别忘了她是五年前越狱的，而铁老太是六年前被杀害的，可以这么说，都是很久以前的事了。

“现在，已经不可能再找到有力的证据。再说，要想了解当时的情况已经难上加难。怎么样？我如此详细的解释，你难道还不能接受吗？

“明智君，至于我想同你商量的内容，也就是我要拜托你的，是请你高抬贵手别插手这起案件。当然，你可能觉得自己这样做，是为了儿玉丈太郎，或者说是为了野末秋子。可你应该知道，你这样不辞辛劳的奔波，到头来将会竹篮子打水一场空。

“我真心希望你休息休息，等着我的好消息就是。所有的一切，都由我来操办。只要她愿意跟我结婚，我就可以证实她无罪。我这样做，既不会伤及儿玉丈太郎，所有问题也可得到圆满解决。”

黑川太一觉得自己稳操胜券，趾高气扬地对明智小五郎说。

明智小五郎一言不发，片刻后，仿佛找到了谜底似的，腾地一下站起身来。

“明白了，那好，我告辞了。”

明智小五郎说完这些客套话后就走了。

这时不知从哪里传来敲钟的声响，已经是深夜十一点了。

烛　光

第二天早晨，明智小五郎乘上开往长崎K町车站的列车。一进入二等车厢，便陷入沉思。

昨天晚上，明智小五郎装作哑口无言的模样告辞了黑川太一。但也就在那一刻，他做出了重大决定，只是没在脸上表露出来。

此时此刻，他年轻的脸上充满了自信，目光显得炯炯有神。已经拿定主意的他，决定按照自己制定的计划实施。

在K町车站下车时，是上午八点。明智小五郎立即拦下一辆出租车让司机开往钟塔别墅。

“司机，你昨晚是否见过从末班列车上下来的年轻女子？”

出租车一启动，明智小五郎立即打听野末秋子的情况。

“哦，你是说钟塔别墅的小姐吧？昨晚深夜，是我开车从车站送她回去的……”

真是无巧不成书！明智小五郎正坐在昨晚野末秋子乘坐过的出租车上。

“是吗？你是送她到钟塔别墅了吧？”

“不，不是那里……”

明智小五郎大吃一惊。于是，司机猛地转过脸来意味深长地扑哧笑了。

“你说不是那里？那你开车送她去哪里了？”

“去一个奇怪的地方。乘客先生，你知道乌鸦老太的千草屋吗？”

“千草屋？”

明智小五郎歪着脖子。

千草屋……这名字怎么那么耳熟？好像在哪里听见过……

“是的，是的，就是那花店吧！”

明智小五郎想起了那家又小又脏的花店来。

为肥田夏子发假电报的那个小乞丐，曾经在这家小花店干过为客人送花的活。这消息，自己好像也是从北川光雄那里听来的。

据说，这家小花店还秘密出售毒药，简直是一家黑店！乌鸦老太干得还真出色，挂羊头卖狗肉。看来，乌鸦老太的心像乌鸦一般黑。

明智小五郎想起那个在店门口扫地，穿着黑色装束的乌鸦老太。

“我开车路过千草屋花店门口时，小姐突然对我说就在这里停车，随后下车走了。”

“你就直接离开了吗？”

“不是的。花店离钟塔别墅还有七八百米的路程，一个弱女子走夜路是很危险的。我对她说，我在外面等她，重复了好多遍。可她无论如何要我别等她，我无可奈何，只得开车走了。”

野末秋子究竟有什么重要事情非得深夜拜访那家又小又脏的花店呢？尤其是深更半夜买花太不寻常了，还坚持让出租车别等她，实在不合逻辑。

好，顺便去一下千草屋看看情况再说。

一驶离K町，出租车便驶入宽敞的大道上。早晨新鲜的空气里，紫色烟雾般的山脉蜿蜒起伏。山脚一带晨雾弥漫，犹如洁白飘带的山间公路弯弯曲曲地向前延伸。

车行驶在公路上，不停地左右摇晃，上下颠簸。

路通，千草屋花店就在去往钟塔别墅途中。

当车驶到约一半路程时，猛然察觉路边站着一个穿得破旧不堪的小乞丐。

他好像认识司机，朝出租车直招手。

“他是谁？”明智小五郎问道。

“他是千草屋花店送花的。”

“你跟他熟吗？”

“是的。我开车经常路过这一带，像他这样在路上游荡的人，一般我都认识。”

明智小五郎让司机停车。

能遇上熟悉千草屋的人，真是天赐良机。只要出钱问他，肯定能打听到一些什么。

明智小五郎下车后走到司机听不见说话的地方，向小乞丐招手示意。

“叔叔，你大概是想打听钟塔别墅小姐的情况吧？”

小乞丐走到他跟前，没等明智小五郎开口，便把对方想打听的主题给说了出来。

“你不管问什么我都清楚。叔叔是从东京来这里的，还是钟塔别墅北川光雄的朋友吧！还有，那位小姐企图毒害钟塔别墅主人儿玉丈太郎先生的事情，我也知道……现在，整个城里传得沸沸扬扬的。”

明智小五郎笑了，觉得像这样的小乞丐反而容易打交道。只要给钱，问他什么都会一五一十地照实回答。

“是的，你说得完全正确，我是住在钟塔别墅的。小伙子，你知道那位小姐昨晚来过千草屋花店吗？”

“当然知道，而且我还看见了。”

“那位小姐去千草屋花店有什么要紧事？这你也知道？”

“知道知道，这我不能随便说，好像是小姐的隐私。”

“卖什么关子呀……给你这个！只对我一个人说不行吗？快告诉我，小姐在花店里做什么了？”

明智小五郎从口袋里掏出几枚硬币放在小乞丐的手掌上。

“就这几枚呀，太便宜了！好吧，好吧，告诉你，那位小姐昨天在千草屋花店给乌鸦老太许多钱，买了什么东西后走了。”

“买什么东西了？”

“哦，好像是药之类的东西！是装在一个小茶色玻璃瓶里的，乌鸦老太把小玻璃瓶递给小姐后，还鬼鬼祟祟地朝四处张望！”

明智小五郎听到这里，神色顿时紧张起来。

肯定是毒药！深更半夜，野末秋子悄悄地找乌鸦老太买毒药。

他昨晚担心的事情，居然成了现实。

黑川律师似乎很放心。可野末秋子毕竟是一个弱女子，也一定是觉得走投无路才这样选择的。我必须尽快赶回钟塔别墅！对，一分钟也不能耽误！不然的话，也许会发生难以预料的事情。

明智小五郎一边在心里默默地祈祷野末秋子平安无事，一边慌慌张张地朝出租车走去。不料小乞丐一把抓住他的手臂说道：“叔叔，等一等，我还有话要对你说呢！你难道不想听小姐买了小玻璃瓶后干了什么吗？”

“还有吗？那你快说呀！她到底怎么啦？”

小乞丐没有吭声，只是一个劲儿地笑，又把右手伸到明智小五郎面前。

“再给我一点儿，否则我不说了。我接下来说的，可是重要部分哟！”

明智小五郎虽说是个大学生，其实比小乞丐也大不了多少。

这家伙还真不能小看！

他虽有火气，但这里不是发怒的地方，只好使劲儿忍着，手又从口袋里掏出硬币给小乞丐。

“那位小姐，因为事先让出租车开走了，我猜想她只能独自一人沿着这条黑暗的路返回钟塔别墅。于是，我躲在树背后观察。可小姐走出花店，那表情和走路的模样似乎并不在乎深夜什么的，三步并作两步地走着。不，不是走，简直像运动员奔跑，速度快得惊人！为了跟上她，我累得上气不接下气！”

“嗯，那你一直是跟着她的？”

“是的。因为我感觉她奔跑的姿势很有趣！嘻嘻嘻……小姐平安地返回了钟塔别墅。但她不是像平时那样，从玄关进入别墅的。叔叔，小姐像盗贼那样翻窗爬进别墅的。”

“什么？从窗口爬进去的？哦，窗口那儿有人吗？”

“没有，一个人也没有。房间里没有灯光，漆黑的。”

“那你看到的就是这些？”

“嗯，还有。叔叔，你还想听吗？”

“快继续说下去！”

小乞丐又嘻嘻笑了。但看到明智小五郎一脸严肃的表情，不敢再伸手要钱了。

“她的举止挺奇怪的，看着她爬进房间后，我没有回去，而是一直躲在暗中观察。不一会儿，漆黑一团的钟塔旁边猛地亮了起来。”

“噢！那后来呢？”明智小五郎催促小乞丐快说。

“亮光很弱，不像灯光。我仔细辨别，发现那是烛光。小姐手端着蜡烛，一阵风似的经过窗旁。”

“后来呢？”

“就这些。因为她是在房间里，我看不清楚。后来，我继续站在黑暗里观察，只见微弱的烛光开始朝上移动。无疑，她是端着蜡烛去钟塔顶屋的。”

明智小五郎思索片刻，告别小乞丐后回到出租车上。

钟　声

一到达钟塔别墅，明智小五郎立刻喊住看门的寄宿生，问他关于野末秋子的情况。

“从昨晚开始就没有见到小姐，不知她去哪里了，到现在还没回来呢！”

寄宿生忐忑不安地答道。

看来，野末秋子昨晚越窗进入别墅的情况，谁也不知道。明智小五郎觉得情况越发复杂起来。

虽然心里沉甸甸的，可应该先去儿玉丈太郎房间打个招呼，告诉他自己回来了。于是，他来到儿玉丈太郎的卧室。

此刻，儿玉丈太郎正在鼾睡。

“医生说，危险期已经过去，用不着担心了。儿玉先生是刚睡着的，如果有急事请告诉我，等他醒来后我向他转达……”

明智小五郎没等护士说完就走了。

他接着来到肥田夏子的卧室，向她打听野末秋子的情况，肥田夏子好像也很焦急地说道：“她到底去哪里了？我就出去了一会儿，回来后就……我也在为她着急呢！”

从她说话的神情看，不像撒谎。

最后，他又去了小乞丐说的深夜有烛光的三楼。

大钟下面的房间，便是北川光雄的卧室。

一听到明智小五郎的脚步声，北川光雄急忙跑出房间。

“明智君，情况怎么样？”

“嗯，我等一会儿慢慢向你细说。北川君，秋子小姐怎么啦？”

明智小五郎焦急地反问北川光雄。

“是这样的。昨晚就没见着秋子小姐，我担心极了，找了好长时间，今天早上还是没见到她。不过，我发现一个奇怪的现象，刚才就一直在分析……情况是这样的。”

北川光雄说着把明智小五郎带到自己桌前，只见上面放有一本《圣经》，呈翻开状态。

“昨晚，当我得知秋子小姐不见时连忙外出寻找。我知道她很喜欢散步，心想她也许是去什么地方走走。可一直等到深夜也没见到她的人影，无可奈何，只得上床睡觉。但心里一直惦记着秋子小姐，辗转反侧，怎么也睡不着。最后，总算迷迷糊糊地睡着了。早晨天亮醒来的时候，我估计她可能回来了，可去她的卧室一看，跟昨晚一样，房间里根本就没她的人影。

失望的我只得返回自己房间，不料，竟然意外地发现桌上放着这本书。”

“这本《圣经》，确实是你叔叔保管的那本吗？”

“是的。叔叔的秘密壁橱是上了锁的，再说叔叔刚脱离危险期不可能下床……知道秘密壁橱的，就叔叔和我，还有秋子小姐。看来，秋子小姐是为了通知我她的去向，从秘密壁橱里取出这本《圣经》书放在这里的……”

仔细看，《圣经》翻开的地方凑巧是封面的内侧，那上面用英文写着：

等大钟敲响，等绿色出现，先上去，再下来，那里有神秘的迷宫……

明智小五郎曾听北川光雄说起过关于《圣经》的事，但真正看到上面的文字，这还是第一次。

他反复念诵上面的文字。

“我没研究过这段话，也根本不清楚它是怎么回事，秋子小姐好像对这段话进行过详细的研究。这是渡海屋市郎兵卫大富翁写的，他就是这幢钟楼别墅的第一位主人。因此，我只知道文字的内容是表达去宝物秘密藏所的路线，仅此而已……”

听到这里，明智小五郎眼睛忽然亮了起来。

“是的，北川君，秋子小姐肯定独自一人去闯那恐怖的迷宫了！”

“什么？你说她去迷宫了？为什么……是取宝藏吗？”北

川光雄天真地问道。

明智小五郎没有回答，脑海里思绪万千。

野末秋子的内心里，藏有令她自己恐惧的隐私。可明智小五郎已经清楚，那不是事实，算不上隐私。但北川光雄压根儿不清楚这一新的情况，当然无法理解她的行动究竟意味着什么。

不用说，野末秋子是为了自杀而进入迷宫的！

令她痛苦的是，不仅被迫暴露过去隐藏的秘密，还将被加上施毒杀人的新罪名。更令她痛苦的是，无法找到推翻这些不实之词的确凿证据。加上正在警方被通缉，走投无路的她，只有选择自杀。

为不让别人发现她的尸体，独自一人步入连入口都不知道的迷宫，以寻找永远无人知晓的自杀场所。

根据末班列车到达K町车站的时间分析，野末秋子应该是昨晚十二点到达钟塔别墅的。打那以后到现在，已经过去八九个小时，眼下就是找到她恐怕也已经来不及制止她自杀了。

明智小五郎一想到野末秋子她那已经快要僵硬的身躯可能已经躺在迷宫里冰冷的地面上，不由得全身起鸡皮疙瘩。

可转而一想，她也许还活着。与其坐在这里胡思乱想，倒不如现在就去寻找迷宫的入口。

迷宫的秘密入口到底在哪里？

也许，迷宫入口的门不是敞开的而是紧闭的？无疑，那是一条秘密通道。或许，根本就不可能知道已经关闭的入口在哪里。

这时，明智小五郎又想起为千草屋花店送花的小乞丐说的那番话：野末秋子先在钟塔下面站了一会儿，再沿着楼梯朝上面走的。不用说，她是去钟塔塔顶了。

“等一等，野末秋子好像没从这房间下来。奇怪！北川君，这上面只有大钟机械室吧？”

面对明智小五郎奇怪的提问，北川光雄脸上布满了不可思议的表情，点头说：“是的，这上面只有机械室。”

“嗯，原来是这么回事！看来机械室复杂的机关装置里，好像隐藏着通向迷宫的秘密通道。”明智小五郎嘟囔着。

“为什么？”

“北川君，瞧这个！《圣经》上面不是写等钟敲响，等绿色出现吗？说到‘钟声’，无疑是表示时间；说到‘绿色’，无疑是表示时候。上次承蒙你带我去过大钟机械室，记得当时我在那里发现了绿色金属板。在刚才回来的路上，我遇到那个为千草屋花店送花的小乞丐。他对我说，秋子小姐昨晚悄悄地翻窗进入别墅后登上了钟塔。北川君，赶快出发，追上她！”

明智小五郎像发布命令似的带上北川光雄，立刻出发去大钟机械室。

推开小门，两个人来到面积近三十平方米的大钟机械室外侧。里面是结构非常复杂的机械装置，很难找到迷宫的入口位置。出现在眼前的，只有布满红色铁锈的大面积铁板，紧紧地裹着机械装置。

经过仔细观察，铁板下端的中央部位有一个直径一米左右的圆形铁盘，犹如盖子一样关得紧紧的。

铁盘原来的颜色似乎是鲜绿色，尽管布满铁锈，可无数锈斑中间残留着星星点点的绿色。

“是它！”明智小五郎猛地点头。

“啊，明智君，还有这东西！”北川光雄手指着绿色的圆铁盘下面，惊讶地喊道。

那上面，挂有一块不到两寸的碎布片。从模样看，好像是被挂住卡在那里的。碎布片上的花纹，好像跟昨晚野末秋子身上的衣服花纹相同。

“是的，这与昨晚野末秋子穿的衣服相同！”明智小五郎暗自大喜。

“明智君，这确实是野末秋子的衣服！我记得很清楚。”北川光雄说的，跟明智小五郎想的完全一致。

“果然不出所料！秋子小姐是从这里进入迷宫的。”

两个人相互交换了一下眼神，又相互点点头。

明智小五郎径直走到绿铁盘跟前用力推，不知是锈住了还是其他什么原因，绿铁盘一动不动的。

他想，绿铁盘或许可以朝旁边移开，便寻找上面是否有把手，可找了半天没发现。不用说，也没发现锁孔。

“啊，这上面既然能夹住衣服，证明这绿铁盘是可以打开的，可为什么用力推还是纹丝不动呢？该朝什么方向用力才能打开它呢？”

他俩聚精会神地蹲在那里查看，还时不时地用手敲打，但就是无从下手。

“秋子小姐！”

北川光雄焦急地喊起了野末秋子的名字，声音非常响亮。不用说，没有回音。

“明智君，这碎布片不是秋子小姐衣服被挂住撕下留在这里的，多半是秋子小姐跌倒在绿铁盘内侧地面上时刮下来的。”

北川光雄面色铁青，说完又大声连续喊了几遍野末秋子的名字。

明智小五郎双臂交叉在胸前陷入沉思。突然，他转过脸望着北川光雄问道：“北川君，你还记得‘等钟声敲响，等绿色出现’的文字吗？”

话音刚落，他赶紧看了一眼手表。

“还有三分钟便是九点了，时针指向‘九’，分针指向‘十二’的时候，钟应该响九下。‘等钟敲响’的时候，看看会出现什么情况。好吧，我们就等三分钟吧！”

虽说只有三分钟，可此刻两个人感到比三十分钟还长。

过了一会儿，耳边响起齿轮摩擦的响声……

“到九点了！”

两个人不由得看着手表，屏住呼吸等待钟声。

“当当当……”

传来了钟声，一下，两下，三下……

两双眼睛被绿色铁盘紧紧吸引住了。

令他俩惊愕的一幕果真出现了。眼前那块锈迹斑斑的绿色铁盘，渐渐地晃动起来。钟声每响一下，绿色铁盘便朝旁边移开三厘米左右的间隙。

间隙，随着钟声逐渐扩大，变成十厘米，十五厘米……

啊，这才是绿色铁盘的秘密！这秘密门只是在钟响时自动打开。

这机关装置简直太耐人寻味了！

闪　　电

随着间隙不断扩大的同时，衣服碎片的面积也相应扩大。仔细观察，绿色铁盘的反面，竖有锋利铁钉模样的东西。原来，衣服是被那东西刮住的。

“这里面就是迷宫吧！”北川光雄轻声说道，凝神朝里望着。

当钟敲响最后一下时，铁盘只开有不足三十厘米的间隙，人根本无法从这样的间隙进入迷宫。两个人齐心协力，企图扩大间隙，可仅凭人的力量根本无法撼动绿色铁盘。

随着他俩用力扩大间隙的同时，绿色铁盘却朝着相反方向移动，三十厘米的间隙开始缩小，似乎要恢复原来关闭时的模样。刹那间，间隙不见了。

两个人赶紧把手抽出。

“北川君，明白了！现在是九点钟，绿色铁盘是自动打开间隙的。如果每一小时是三厘米，刚才的间隙不足三十厘米。按这样的比例推算，到十二点时应该是接近四十厘米。秋子小姐进入迷宫时，可能是昨晚十二点吧？当时的间隙应该是将近四十厘米。像那样的间隙，别说秋子小姐可以进入，就连我这样的大男人也能通过。”

“对，你分析得对，肯定是那样。”

“看来，是大钟控制绿色铁盘的吧！我们只要把时针和分针分别拨到表示十二点的位置上，就可以打开绿色铁盘……”

两个人抬头望了望裹着机械的大面积铁板，绕着周围边踱方步边观察。遗憾的是，越观察越糊涂。

“想不出办法了！现在也根本没时间去解开《圣经》上那段的文字的意思和掌握钟的启动方法，只有等到正午十二点时再说吧！”

明智小五郎后悔地望着绿色铁盘。

“哎，北川君，像这样的迷宫，即便设计者也容易搞错！渡海屋市郎兵卫就是设计这幢别墅的人，不料却死在自己设计的迷宫里。这情况你十分清楚。因此，我们不事先做好充分准备而仓促行动的话，很有可能出现不测，像设计者本人那样陷入困境。现在距离十二点还有三个小时，我们应该商定对策，做好充分准备！”

两个人商量过后，离开大钟机械室下楼去了。

北川光雄先去探望了在卧室养病的叔叔，装作什么也没发生的模样向叔叔告辞，回到自己房间写了一份类似遗书那样的便条，以备万一在迷宫里迷路时请人救助。

遗书上的内容是，希望救助者在秘密入口，也就是在钟塔机械室绿色铁盘跟前等候，等到铁盘自动打开到四十厘米间隙的时候采取救助措施，写得非常详细。写完遗书，北川光雄为提前吃中午饭而离开了房间。

餐厅里，明智小五郎早已坐在那里等候。他准备了两个挎包，里面放有面包、凉面、盒饭、水壶、蜡烛和火柴等东西。

正午差五分的时候，两个人再次登上钟塔来到绿色铁盘前面。

少顷，传来的齿轮声，紧接着震耳欲聋的钟声响了。与此同时，眼前的绿色铁盘逐渐朝旁边移动。十厘米……二十厘米……当敲响十二点时，果然像事先估计的那样，出现了近四十厘米的间隙。

两个人侧着身体，敏捷地钻入黑暗的迷宫。那模样，仿佛被巨人吞入嘴里似的。黑暗中，他俩仔细打量周围，发现里面有四四方方凸起的金属块。整个房间，狭小得根本无法转动身体。

他俩手摸着寻找，可找不到通道。

“秋子小姐进去的通道在哪里呢？”北川光雄紧贴着明智小五郎的身体，轻声问道。

这时，背后出现了嘎咕的响声，刚才敞开的绿色铁盘恢复了关闭的原样。

没了光线，机械室里更暗了，静得没有一丝声音。

明智小五郎取出小蜡烛，用火柴点燃。

机械室在烛光照耀下变得更加不可思议，大钟的机械仿佛被放大了成百上千倍，油和铁掺杂在一起的气味，让人感到呼吸困难。

他们让烛光时而朝左时而朝右，寻找通道。

然而，除了绿色铁盘外，并没有人可以通过的间隙。

“明智君，怎么办？”北川光雄感到不安起来。

明智小五郎仔细观察那一带墙到机械之间的情况，不时地推和拽，凡能想到的寻找方法都采用了。可还是找不到通道。

“北川君，既然来到这里就不能着急！其实，我也一样心急如焚，但最好还是等一个小时再说。这机械室里肯定有什么秘密机关！现在，我们最主要的是养精蓄锐，干脆休息一会儿吧！”

明智小五郎说完，小心翼翼地坐下，开始闭目养神。

不知不觉，一个小时过去了。

片刻又传来齿轮的摩擦声，一点钟的钟声响得简直震破耳膜。

与此同时，他们靠着的右侧石墙开始慢慢地向上升起。贴有花岗岩的厚墙板三厘米三厘米地上升，出现了一条的间隙。

啊，这设计真可谓绞尽脑汁！就算通过了第一道关口还不行，还必须得通过第二道关口。

“看来，至少得等上九个小时。”

“是的，不等到晚上十点以后，恐怕间隙不可能扩大到三十厘米以上。”

不用说，他们也不能从绿色铁盘那出去。

两个人被囚禁在巨大的齿轮之间，像囚犯那样连身体都无法转动。

“北川君，我们在这里说话不用担心被人听见。趁这时，我跟你细说一下去东京的情况。”

明智小五郎从整形医生芦屋晓斋，说到黑川太一律师，一五一十，说得非常详细。

一开始，北川光雄就已经惊讶得直喘粗气，可一听到黑川太一的情况时，变得怒气冲天，犹如热锅上的蚂蚁，连一分钟也坐不住了。

“综上所述，秋子小姐的处境很艰难。我们即便救了她，接下来她又得受到黑川太一逼婚的威胁。不过，秋子小姐是清白的，既不必害怕警察，也没必要与黑川太一结婚。可现在这时候最担心的，是秋子小姐的身体，真心希望在我们与她会合之前她不要有生命危险……”

明智小五郎深深地叹了一口气。

他们担心蜡烛点完便把它吹灭了。黑暗里，两人渡过了漫长的时间。

大钟敲了五下，又过了一会儿，两个人开始吃起面包和方腿肉来。

外面好像暮色降临了，周身感觉冷飕飕的。

从大钟敲响九点的时候开始，敲打着塔顶的阵阵雨声轻轻传到耳朵里。又过了一会儿，风声传来，似乎在摇晃大钟机械室。

后来才知道，那天晚上的雷电和狂风交加的暴雨，还是多年来罕见的。

少顷开始打雷，闪电不知从哪里的间隙射入机械室。

这时，从机械室下面突然传来叫喊声，听不出究竟是人还是动物，时而是粗声，时而是细声，经过仔细辨别，好像是女人的叫喊声。

黑暗里的北川光雄，不由得紧紧抱住明智小五郎。

他们虽都没有说话，可心里一直惦记着野末秋子。

既然叫喊得那么清楚，肯定发生了什么，他们又侧耳细听。

就在这一瞬间，眼前突然出现了比白昼还亮的闪电，紧接着传来惊天动地般的雷鸣声。好像雷电打在了塔顶避雷针上。

顿时，两个人感到从脑袋到脚底周身麻木，眼前一片昏暗，不由得趴在地上。

紧接着一刹那间，机械室下边很深的洞底，在刺眼的雷电闪光下展现在他们的眼前。那种感觉，就像站在天空中俯视另一个完全不同的世界。

直到这时，他们才察觉两个人脚下是钢筋编织的小方格状地面，透过格子中间的间隙，发现洞窟一直贯穿到地下，犹如深邃的枯井。

在耗费巨资建造的幽灵钟塔别墅里，所有墙壁都厚得出奇。通常被认为应该是房间的地方，却横竖交叉地建有许多厚墙。可以说，房型设计很不规则。

原来，厚实墙壁里的洞窟直通地下，是秘密通道的一部分。

这时又传来闪电光，不知从哪里钻入机械室，又瞬间照亮了深邃的洞底。

凭借瞬间的光亮，他们看到井底有令人毛骨悚然的东西。

“啊！”北川光雄的喉咙里发出叫声，不像悲鸣，也不像叫喊。

“有人！”明智小五郎也惊叫道。

有人在深邃的洞底蜷缩成一团。

由于距离太远，看不清脸的模样和身上衣服。但从蜷缩着并且毫不动弹的状态来看，似乎已经死了。

“明智君，莫非是秋子小姐？”

“除了秋子小姐，好像没其他人进来。”明智小五郎吼叫般嚷道。

“秋子小姐，肯定是秋子小姐！那模样，好像是体内毒性发作痛苦挣扎过的状态。明智君，我们该怎么办呢？”北川光雄按捺不住内心的焦急，对着黑暗的洞底大声哭着叫嚷起来。

“北川君，马上就要到十点了！在这之前再叫也是无用。是啊，面对这种状况，的确让你我感到痛苦。可我还是希望你克制一下，打起精神坚持到十点！”

经明智小五郎这么劝说，北川光雄终于止住哭泣，不再叫喊。

片刻，头顶上传来钟摆即将晃动的机械声响，终于盼来十点的钟声。等到石墙一移开，他们顿时像猛虎下山那样窜入黑暗的迷宫里。

迷　　宫

石笋里面的路很窄，而且高度不够。必须是一个人弯着腰通过。点燃蜡烛后，他们发现前面是两座楼梯，一座朝上，一座朝下。

北川光雄走在前面，沿楼梯朝下走去。因为这座楼梯是朝着井底的，朝下走应该是正确的。明智小五郎紧随其后。

“北川君，不对！你回忆一下那段文字！‘先朝上，再朝下……’我们现在应该是先朝上走。你过来，走这边楼梯！”

危险，危险，险些陷入设计者的圈套。所谓迷宫，不用说，是制造上和下混淆的假象。

木制楼梯近似于垂直，非常狭窄。由于几十年来没人从这里走过，楼梯踏板上积有厚厚的灰尘。当烛光凑到踏板跟前时，竟发现厚厚的灰尘上留有女式高跟鞋的鞋印。

“明智君，是秋子小姐的脚印！”

北川光雄仿佛见到想念多时的东西，大声说道。

“北川君，别紧张！只要沿着脚印朝前走就行了！既不会迷路，还可找到秋子小姐所在的地方。”

两个人朝上爬了五米左右的楼梯，到达了塔顶夹层。这时，朝上的楼梯没有了，而是急转弯朝下，楼梯角度也同样很陡。来到与刚才相同的楼梯平台，察觉这里有酷似大厦里备用的紧急楼梯，一直向前延伸，看不到尽头。

“北川君，一定要小心，千万别踏空。”明智小五郎叮嘱道。

端着蜡烛，背着挎包，行走在这种几乎垂直的楼梯上非常困难。黑暗里，明智小五郎仔细注视前方，小心翼翼，一步一步走得很慢。

经过四个楼梯途中的平台，下到最后那段楼梯的时候，好像终于到达了洞底。这时，一股潮湿的泥土味扑鼻而来。前面是平坦的小道。

小道两侧是石砌墙，弯弯曲曲，狭窄得也只能一人通过。两个人谁也没说话，全神贯注地走着。

每走五六米就会遇上岔路口，有的是三岔路口，有的是十字路口，每条岔路都看不见尽头，简直是错综复杂，扑朔迷离。

“英国的哈布顿迷宫，在只有九百平方米的地面上建造了八百米长的路。这里的迷宫面积虽不是很大，却建造了漫长且转弯多的小路。”

明智小五郎佩服地转过脸望着北川光雄。

“如果没有秋子小姐的脚印，我们早就迷路了。”

北川光雄一边用蜡烛照亮地面，一边辨认野末秋子的脚印。野末秋子的脚印并不是呈直线向前。有时候站着停一会儿；有时候朝右走一会儿再返回朝左走；有时候走进死胡同后返回原来的路。可见，野末秋子也费尽心思。

一会儿朝前走，一会儿朝后走。经过无数次转弯后，终于走出去了。这里是迷宫的尽头，像地下大厅。明智小五郎高兴起来，抬高蜡烛，猛然发现大厅中央有人。可那不是野末秋子！他们不由得愣住了，凝神仔细端详，只见那人一身乞丐打扮，盘腿坐在地上。

明智小五郎径直向那里走去。烛光照亮的是一个低着脑袋的男子，身着平时不常看到的衣服。无袖的黄色短外套，鼠色碎花图案，淡蓝色的布袜……这身装束让人难以形容。

明智小五郎把蜡烛递到北川光雄的手上，就在他双手搭在那人肩膀上的一刹那，那男子宛如被烧成灰烬的木头那样，散架似的滚落在地上。干枯的骷髅，发出嘎啦嘎啦的响声，滚落到明智小五郎的脚边。

骷髅正面有眉毛，顶上有花白头发。

两个人见状，双唇紧闭，面面相觑。

无疑，这是渡海屋市郎兵卫。几十年前，他无法走出自己设计的迷宫。而且，当时外面又没人知道迷宫的入口位置，无法实施抢救，以致设计者本人被困死在这里。

“这不是编造的故事。我一直以为是传说的笑话，还曾受到秋子小姐严肃的批评……明智君，秋子小姐一定也看见了吧？”

“不，秋子小姐的脚印距离这里有一段路，多半是经过这附近而没察觉。”他们悄悄地说着。

此刻，两个人的心情掺杂着现实和梦幻，弯身朝渡海屋市郎兵卫的尸体鞠躬行礼。

就在这时，北川光雄发现了一条脱臼的手臂骸骨，是很粗的右手臂。

“明智君，这手里好像握着什么东西！”

明智小五郎屈膝跪在地上仔细查看，察觉那是一把大钥匙。掰开死者的白骨手指，取下大钥匙放进自己口袋里。

“明智君，刚才在闪电光里见到的，可能就是这个人吧？应该说，这上面是大钟机械室。”北川光雄边说边抬起脸仰望头顶的黑暗。

“不是秋子小姐，太好了！但是，我们现在千万不能磨磨蹭蹭的。北川君，快走吧！”

他们继续朝大厅深处走去。大厅里一共有六个出入口，连接朝着不同方向的路。六边形大厅的直径是十米左右，每条边都有出入口，里面像坑道那样漆黑一片的。

其中一个出入口，是他俩刚才出来的口。其余五个出入口中间，究竟应该选择其中哪一个才是正确的呢？两个人左右为难犯起愁来。

石块堆砌的大厅，酷似石牢。他们伫立在白骨跟前，瞬间就觉得大厅里充满了阴气。

借助烛光在地上寻找，终于找到野末秋子的脚印。

从她的脚印看，丝毫没有迷路的迹象。她的脚印，是朝着右边路口向外延伸。两个人赶紧沿着脚印朝那里走去。

“明智君，我害怕极了！我曾经笑话秋子小姐痴迷于《圣经》……原来，秋子小姐独自一人在研究那段文字和路线图。我想，她一定是从当上铁老太养女开始就潜心研究了。

“明智君，听说你前几天去过养虫园，我想那里的岩渊甚三、肥田夏子和股野礼三都知道这情况，所以才胆大包天配合黑川太一帮助她越狱。不用说，他们的目的是指望得到渡海屋市郎兵卫的黄金遗产。”

北川光雄说话的声音，不停地碰撞在冷冰冰的石壁上，传来阵阵可怕的回声。

“是的，她把那段文字和图牢牢记在脑子里。尽管岩渊甚三和肥田夏子这些不怀好意的人抓住她是越狱逃犯的弱点，但她还是守口如瓶，不向任何人泄露去迷宫路线的机密。她还一心一意要抓获真正杀害铁老太的凶手，真是太难为她了。像她那样身体纤弱的女人，能坚持下来真不容易呀！可以说她饱尝了常人难以想象的痛苦，真让我从心里佩服。”

从明智小五郎的语气里可以感觉到，他被野末秋子不屈不挠的精神和毅力深深感动了。

走进洞窟，出现在眼前的，又是与刚才相同被两边石壁夹在中间的小路。小路蜿蜒崎岖，时而向前，时而折返。

他们没有被不计其数的岔道所迷惑，而是不停地沿着野末秋子的脚印朝前走。走了十五分钟左右，又到了一个宽敞的石墙大厅。

哈！他俩情不自禁地换了一口气，接着把手遮在烛光上面以集中亮度。就在这时候，北川光雄忽然发出“啊”的惊叫声。

“秋子小姐，秋子小姐！”

只见野末秋子趴倒在大厅中央，那片地面上铺有好几张野兽的毛皮，上面放有五个大箱子。

喜　　悦

“明智君，怎么办？”北川光雄战战兢兢地问。

明智小五郎一声不吭地朝野末秋子身旁走去。

野末秋子的头旁边，是已经燃尽的蜡烛台，还有滚落的茶色小玻璃瓶。

无疑，这是野末秋子从千草屋花店买来的毒药。

明智小五郎捡起小玻璃瓶，借助烛光查看瓶里的情况。

奇怪的是，液体还是满满的，一点儿也没减少。

“北川君，秋子小姐没有服毒！”

明智小五郎说完，赶紧扶起野末秋子，随即号脉检查心脏是否跳动。

“太好了！心脏在跳动！北川君，秋子小姐还活着！”

虽说心跳慢且微弱，但确实在跳动。

他赶紧查看，虽然皮肤外表没有受伤的迹象，但全身几乎没有热度。

“北川君，按照秋子小姐现在的身体状况，带她出去非常困难。看来，我们应该在这里先为她取暖。”

两个人脱下上衣给野末秋子穿上，活动她的四肢，帮助她恢复机能。

野末秋子双目紧闭，脸色苍白得像一张白纸，静静地躺着。

两个人做了约三十分钟恢复肢体机能的救护工作后，秋子小姐的脸上开始有了血色，紧接着长长的睫毛微微地颤动起来，慢慢地睁开眼睛，仿佛从梦中惊醒。

“秋子小姐，是我！我是北川光雄，你认识我吧？”北川光雄大声问道。

野末秋子似乎朝着遥远的地方望了好一会儿，接着动了动嘴唇扫视周围。

“咦，我这是怎么啦？”她自言自语，终于察觉到身旁有两个男人。

“北川君，明智君……”说完，她直起上身。

“这里是迷宫吧？你俩怎么会来到这里？你们居然也知道来这里的路……我不是在梦里见到你们的吧？”

“秋子小姐，这不是梦！我们是为了找你才进入迷宫的。那本古老的《圣经》，是你留在北川君房间里桌上的吧？我们就是根据那本《圣经》判断你进入迷宫的。”明智小五郎解释说。

“秋子小姐，你能活过来太好了！我为你着实捏了一把汗呢……我们能找到这里，也多亏你留在灰尘里的脚印！因此，也就自然来到你身边了。你大概是晕倒在这里的吧？我和明智君为帮助你恢复肢体机能，忙了好一会儿呢！”

北川光雄高兴地说着，脸上喜笑颜开。

“哦，是吗？哎……我怎么啦？为什么死不了？其实，就在我打算服药的时候接连打起了哈欠，接着又好像打起了雷。那惊天动地的雷声把我吓坏了，大概是那时候晕过去的。一定是这么回事！”

野末秋子边说边瞪大眼睛打量四周，一看见小玻璃瓶，连忙慌慌张张地伸出手拾起它。

“我必须服药。”话音未落，她已经打开盖子把瓶口移到嘴边。

“请允许我死！为了不玷污养父和北川君的名誉，我必须喝下它！”

眼疾手快的明智小五郎一把夺下她手上的玻璃瓶。

“我很清楚你现在的心情，不想给北川君和他叔叔脸上抹黑而选择自杀的路。但是，秋子小姐，你已经没必要那么做了。你是无罪的！这确凿证据已经握在某个人的手里。”

“什么？你说什么？为什么……”

“是黑川太一告诉我的。黑川律师知道谁是杀害铁老太的真正凶手。施毒欲害儿玉丈太郎先生的罪犯，多半也是那家伙。黑川太一把你的冤屈原原本本地告诉了我，因此你已经没必要服毒自杀了。好了，跟我们回去吧！”

“啊，那是真的吗？”

野末秋子听到这里似乎与刚才判若两人，变得精神焕发。长时间压抑在心头的沉重包袱，瞬间不翼而飞了。她长长地吐了一口气，沉思片刻后喃喃自语起来：“你是说黑川君找到那个凶手了？”

“是的，是黑川君，黑川太一律师。”

“什么时候？可我昨天在他家时没听他说呀……”野末秋子不可思议，轻声嘀咕着。

北川光雄听她这么一说，急忙转过脸看着明智小五郎，似乎在责备他。唉，明智君，你这么轻易地告诉她，接下来怎么收场呢？

明智小五郎察觉到这样的氛围，郑重其事地接着说：“秋子小姐，请你冷静地听我说！黑川太一对我说这番话的时候你已经走了，他一再强调要我别说出去。可我经过再三考虑，觉得没必要向你隐瞒这一真情。接下来，我就告诉你他是怎样说的。他说你当时跟他有约定，即出狱后要与他成婚。以此，作为交换条件，他想方设法帮助你越狱。可后来，他觉得你越狱后流露出不愿与他结婚的意思，也讨厌与他往来。无奈之下，他从东京的整容医师那里弄来两具你的蜡脸模型。

“不用说，他把模型送到你那里，显然是威胁你再不兑现当初的约定，就向世人公开你的越狱秘密。还有，也可以说是一个偶然的机会，就在前几天，他掌握到真正杀害铁老太凶手的犯罪证据。

“黑川太一认为，一旦你知道这一真情，就不再惧怕那两具蜡脸模型，也就更不可能兑现与他成婚的许诺。为此，黑川太一感到左右为难。因为，你过去的所谓秘密不能成为他威胁你兑现诺言的有效武器了。

“于是，他决定不告诉你真情，并趁现在你还不知道那情况，逼你尽快与他成婚。可对他来说，我的出现是最大的妨碍。

“我为什么这样说呢？杀害铁老太的真正凶手，与施毒欲害儿玉丈太郎的嫌疑人是同一个人。他知道，我抓获那凶手也仅仅是时间问题。

“因此，黑川太一对我说了这一情况，并要求我别再插手这起案件。还威胁我说，假若我不听劝告，那后果跟你不愿同他结婚一样，他将永远不出示杀害铁老太凶手的证据。

“他说，铁老太被杀事件是六年前发生的，已经隔了那么长时间，要继续追查是徒劳的，不可能找到任何可翻案的证据。他还说，这世界上唯一有效的证据，恰恰掌握在他的手里。他如果永远不出示证据，或者毁掉证据，你就不可能再回到阳光明媚的自由世界。尽管真正的凶手在你眼前，但你却无法证实自己的清白，只能在黑暗的铁窗里度过冤屈的一生。对你来说，冤屈还远不止杀害铁老太的罪名，还有越狱罪，毒害儿玉丈太郎的未遂现行罪。这些罪行加在一起并罚，很有可能被判处死刑。你如果与他成婚，那他会在结婚后向社会公开事实真相，出示证据，证明你清白无辜。”

野末秋子没有吭声，一直在听明智小五郎说，脸上出现了难以言喻的复杂表情。

“分析一下我刚才说的话，你现在的心情确实会非常复杂和糟糕，反而比没听我说以前更不好受。你也许会想，与其嫁给黑川太一，倒还不如死了的好。你是这样想的吧？因此，我请你放心！

“尽管我现在还没什么线索，但我绝对不会放过那个掌握你命运的真正凶手。秋子小姐，我要说的就是这句话。请相信我，请按我说的做，你就不会陷入困境。对此，我向你承诺。

“我一定能抓获凶手，还你的清白。因此，你不必考虑与黑川太一结婚。还有，你如果从这里出去，也许会落到警方手里，因为，逮捕你的罪名是施毒故意杀人。但你不用害怕，我一定会在此之前抓获真正凶手救出你。好了，请你打起精神坚强地活下去。”

明智小五郎激励野末秋子，北川光雄也信心百倍。

野末秋子重新改变坐的姿势，用比他俩还要镇静的语气说道：“明智君，衷心感谢你的好意，我把自己的一切全交给你了，就按你说的做。不过，在你们离开之前有必须要看看这些东西。你们好不容易来到这里，不能不看一下宝物就离开呀！”

“什么？你说看什么？”北川光雄不可思议地问道。

“是宝物！你觉得建造这样的迷宫是为了什么。渡海屋市郎兵卫这个大富翁确实藏有宝物，绝不是传说。”

野末秋子说的这些话，明智小五郎和北川光雄都觉得可信。他俩正是看到渡海屋市郎兵卫尸体后寻找到这里的。

“宝物藏在哪里？难道秋子小姐清楚藏宝的地方？”

野末秋子笑了："哈哈哈……远在天边，近在眼前。这不，就在北川君的眼前吗？瞧，就是在这用于收藏盔甲的箱子里！我一看见这些被放在铺着毛皮的地面上的箱子，便肯定它们是装宝物用的。我曾这样想过，打算看一眼后就自杀。可上面的锁都锈住了，怎么也打不开箱盖。能否请你俩齐心协力把箱盖打开？"

明智小五郎与北川光雄大吃一惊，面面相觑，用作收藏盔甲的箱子，居然是用作收藏宝藏的。这，确实像几十年前的人们的想法。

"啊，原来是这么回事！"明智小五郎猛然间大声喊道。

"就是这把钥匙！这就是打开金币箱的钥匙！秋子小姐，我们在这前面大厅里发现了渡海屋市郎兵卫的骸骨，他那白骨手上握着这把大钥匙。我想，它肯定能打开这些箱上的锁。"

明智小五郎从口袋里取出钥匙走到箱子跟前，借助北川光雄手里的烛光，把钥匙插入其中一个箱子的锁孔里转动起来。咔嚓！传来金属响声，锁轻轻松松地被打开了。

三个人屏住呼吸揭开盖子，视线一起投向箱子里。

里面有许多麻袋，挤得满满的。

明智小五郎把手放在其中一个麻袋上，把它提起来。

麻袋经过长年累月的腐蚀，不再像新的那么结实，已无法包裹住里面的东西，"吱啦"一声破了，闪闪发亮的东西随着哗啦啦的响声，雨点般掉落在地上。

"啊，是金币！"明智小五郎和北川光雄异口同声喊道。

野末秋子坐在金币箱旁边，北川光雄坐在她的身旁，明智小五郎抓着麻袋口，不知所措地望着满地的金币。

在烛光照射下，金币更加璀璨耀眼，多得不计其数。看着看着，掉在地上的金币隆起一座小山包。

每口金币箱里，装有大约二十个麻袋。

如果说每个麻袋里装有一千两金币，合计起来应该是两万两左右。按现在的黄金的价格计算，每口箱子里的金币值几千万日元。金币箱一共有四个，合在一起计算，总价值应该高达几亿日元。

对钱和宝物不太感兴趣的明智小五郎和北川光雄，站在这大堆金币面前，像老爷爷欣赏盛开的花朵那样高兴得合不拢嘴。

“瞧，这是什么？”野末秋子突然嚷道。

“大概是渡海屋市郎兵卫留下的遗书吧？”

箱盖内侧都贴有一张厚厚的纸，上面写有一手漂亮的毛笔字。

我把我家的金币存放在这里，等到社会秩序恢复正常那天方可取出。我的子孙取出这些金币后，如果把它用于对社会发展有益的投资，这才是我最满意的举措。

如果我的子孙都不在世上了，请务必将这些金币送到我的大恩人儿玉青山先生的子孙手上。

落款部位，是渡海屋市郎兵卫的签名和印章。

“儿玉青山，是叔叔的爷爷哟！”北川光雄惊叫起来。

“哦，原来是这么回事！真是无巧不成书呀！养父儿玉丈太郎先生根本不知道有这回事，是一个偶然机会看中这幢别墅后决定买下的。太有意思了！”

野末秋子为养父意想不到的幸运而从心底里感到高兴，那张恢复元气的脸上露出花朵般的笑容。

惨　景

地底迷宫里，在那堆沐浴着淡淡烛光的金币面前，他们三个人神情木然地伫立了好一会儿。

这不是梦，也不是幻觉，而是不容置疑的事实。

儿玉丈太郎一跃成了亿万富翁，野末秋子的杀人罪也将被宣判解除。可北川光雄总觉得心里沉甸甸的。

明智小五郎说得那么肯定，还信誓旦旦。他到底能否让秋子小姐一身清白地出现在充满阳光的世界里呢？

也许，警官埋伏在迷宫入口的绿色铁盘周围。

可是，谁也不知道野末秋子在这里。我们出去后就说没看见她。对，说服黑川太一，让他出示秋子小姐无罪的证据，再将秋子小姐带出这里。这，也许是最为安全的吧？

野末秋子似乎已经完全信赖明智小五郎了，深信他一定能兑现许下的承诺。她脸上流露出的表情，就像春天那样充满了希望。

“太好了！我终于完成了第一项使命。北川君，你还记得我曾经对你说过的话吗？我身上有着秘密使命。你曾让我告诉你到底是什么样的使命，还央求过我好几次呢！但我回答说，你马上就会明白的，可就是没有直接告诉你。

“其实，我是要你研究《圣经》封面内侧的那段文字，为此我还啰啰唆唆地讲了好几遍，目的是希望你能解开迷宫的秘密找到宝物。可是……北川君，你漠不关心，根本没研究过那段文字。”

北川光雄无可奈何地苦笑道：“原来是这么回事！我觉得那好像是童话，也就没去想它到底是怎么回事。以前，我一直觉得藏有宝物这种说法是古老的传说，并不可信。因此没进行过任何积极的推理。不过，那本经文倒是充满神奇色彩，我是一直对它充满兴趣的。”

“是啊，你是现实派！可仔细想想，你不那样做也是情有可原的。试想，你又想学习又想玩，怎么可能有时间像侦探小说里写的那样去想象去研究呢。但是，你可不知道我是多么焦虑啊！现在可好了，能这样顺顺利利地找到宝物。说心里话，你们如果还不来这里，我恐怕已经死了。即便能死里逃生，也肯定已经服了毒。”

北川光雄听野末秋子这么一说，涨红着脸，忙制止她再说下去：“不是我，那是明智君的功劳！解读了那段文字，说你在迷宫里，都是……”

站在旁边一直仔细听着他俩对话的明智小五郎，笑着打断北川光雄的话，说：“不，这是因为我们都是好人的缘故。好了，应该尽快地把这一情况告诉儿玉丈太郎先生，他肯定在为我们担心呢！我们消失这么长时间，也许外面已经传得沸沸扬扬。如果他们看到北川君留下的便条闯入迷宫，反而会把事情弄糟。好，走吧！我们回去吧！”

“对！应该尽快让养父高兴，否则……快回去吧！”野末秋子随声附和。

三个人依靠烛光，按来时路线原路返回。

回去的路上，十分轻松和顺利。由于野末秋子和明智小五郎以及北川光雄三个人的脚印，已经清晰地留在地面的灰尘里，只要沿着脚印走，不必担心迷路。

他们三个人都陷入了沉思，谁都没有开口说话。与来时相比，回去的路上似乎没有花什么时间，很快就来到了大钟机械室外面。

三个人的眼前，那座厚厚的石壁像一堵墙那样挡住去路。

明智小五郎朝它看了一眼，大失所望地说道：“不能通过。我们太大意了！如果早一点儿察觉到这情况，我们可以拾起散落一地的金币，让它们恢复原来的模样，再来这里也不迟。不到十点以后，这道石门是不会让我们通过的。”

野末秋子径直走到石壁前面说：“不，进来时必须是十点以后，可出去并没有时间规定。瞧！机关在这里。”

她说完伸长手臂，插入石门旁边昏暗的凹处。刹那间，传来咔嚓响声。

那里好像有控制石门的机械装置，立刻传来嘎啦嘎啦的铁链摩擦声，石壁徐徐开启，慢慢地出现了四十厘米宽度的间隙。

“了不起……秋子小姐，你是什么时候连这也弄清楚了？”

对于擅长研究的秋子小姐，北川光雄佩服得五体投地。

进来的时候，可谓绞尽脑汁，花费了好长时间。不料出去的时候，竟然不费吹灰之力。石门敞开的同时，那绿色铁盘也跟着完全敞开了。

仔细查看，石壁上端镶嵌着很粗的铁圈，长铁链从铁圈朝上伸展，穿过天花板上的滑轮，与对面绿色铁盘紧紧连接着。

终于，三个人穿过机械室来到外边。

这时，时间是凌晨两点半。半夜三更，别墅里静悄悄的。他们决定先回到各自房间休息。

去楼下，得从钟塔沿狭窄的楼梯下去，随后必须经过北川光雄的房间。

北川光雄端着蜡烛走在前面，当朝里走了四五步路的时候，野末秋子忽然轻声“啊”地叫了一声。

这里是铁老太被杀害的房间，也是被传说铁老太灵魂出现的房间。北川光雄不由得停住脚步，问道：“怎么回事？”

他急忙转过脸来，微微倾斜着蜡烛打量野末秋子，只见她指着脚下的地面，战战兢兢地说：“我好像踩着什么了，快帮我看看是什么奇怪的东西……”

北川光雄举着蜡烛凑近地面，发现一只猴子躺在地上。

“啊！血！是血！肯定发生什么啦！瞧，这么多血……”

猴子遍体鳞伤已经死了。地毯上到处是血迹。

“好像是肥田夏子的猴子？”

“奇怪！房间里好像发生过什么。这是肥田夏子的宠物，就是睡觉时也把它抱在被窝里……”

明智小五郎边说边快步走到墙边，扭亮电灯开关。

啪！灯亮了，整个房间亮如白昼。与此同时，三个人看见的，是一幅完全出乎意料的惨景。

北川光雄的写字桌前，躺着浑身是血的男子，脸上是痛苦不堪的表情。

椅子倒在地上，地毯上乱七八糟。

男子的衣服皱皱巴巴，到处是被拽过的痕迹。看一眼便可断定，这里曾经有过一场你死我活的争斗。

明智小五郎敏捷地走到男子身边号脉。

“死了！”

这时，一直注意桌下情况的野末秋子紧贴着北川光雄，哆哆嗦嗦的说话声轻得像蚊子叫唤：“那里……桌子下面好像有什么东西！”

北川光雄吓了一跳，顺着野末秋子手指的方向朝大桌子下望去，那里还躺着一个人，龟缩成一团。

“好像是女的。”野末秋子小声说。

果然，那是一个身着花哨时装的年轻女子。

使　　命

女子脸朝下趴在地上。

“北川君，秋子小姐，过来帮我一下忙！这人看来还有救。”

女子还有体温，尽管脉搏微弱，但确实在跳动。

这时，一直注视着男子的脸琢磨的野末秋子突然嚷道：“明智君，这男子是……是长田长造！也许是痛苦使他的脸变了模样，但这男子确实是长田长造！”

明智小五郎刚要说话，北川光雄已经抢先大声嚷道：“什么？你说什么？”

明智小五郎冷静地示意北川光雄别大声嚷嚷。

“是的，是长田长造！”

野末秋子眼睛一眨不眨地紧盯着长田长造的脸，也不知什么原因，死者脸上的表情仿佛像还活着那样。

“啊，我现在似乎明白了真正的原因。我的使命也许因这家伙的死而完成了。那就是洗刷可怜的和田杏子的冤屈，依靠自己的力量找到那个杀死铁老太的真正凶手。”

她站在长田长造尸体前面，仿佛疯了似的唠唠叨叨地说着。

“秋子小姐，怎么啦？你也许是……”北川光雄端详着野末秋子的脸色，觉得与平常不一样，凭着直觉他恍然大悟。

“是的，我为什么直到今天才察觉到呢？这家伙终于在今天受到上帝的惩罚。一定是这么回事！六年前，他就是在这房间里杀死铁老太的，今天却也死在这里，这是老天给他的报应……”

“秋子小姐，你这么说，是认定长田长造就是凶手？”北川光雄急切地问。

“是的，一定是他！虽还没有掌握他杀人的证据，但是……在你叔叔收我为养女而举行的宴会上，长田长造突然来访。当钟敲响十二点的时候，他脸色骤变，浑身颤抖。这情景，你也许还记得吧？他那颤抖的秘密，我终于解开了。

“六年前凶杀案发生的那天晚上，我是在听到十二点钟声的同时，听见养母在伤心地号啕大哭。于是，我立刻跑到养母房间，可当时凶手已经逃得无影无踪。

“房间里漆黑一片，我来不及开灯而闯入房间为养母包扎。没想到却被养母使劲儿咬住手臂。不用说，她误以为我就是凶手。

“谁知这伤口却成了我跳到海里都洗不清的证据。不管我怎么辩解，就是没人愿意听，相反越解释越遭到怀疑。

“现在我总算想明白了，凶手就是长田长造。如果不是他，为什么他那么害怕十二点钟声呢……”

野末秋子越说越气愤，激动得没完没了地说着。她的这番话虽不能成为证实自己无罪的证据，但让人觉得那是一段亲身经历过的真实回忆。

明智小五郎连连点头。

“你说的也许是事实，可拿不出确凿证据，警方是不会相信的。长田长造是被害人铁老太的养子，从这一角度考虑，他确实有犯罪可能，他还在行凶前与铁老太有过摩擦而离家出走。

“不用说，警方对此调查过。但由于一时找不到证明他在案发现场的证据，因此没把他列为犯罪嫌疑人。但还不能说，他不在案发现场的证据是捏造的。

“但是，这男子到底为什么要潜入北川君的房间呢？这样吧，我们先给桌子下面的受伤女子包扎。等她醒来后再问她，说不定能告诉我们一切。”

“是啊，说得对！我光考虑自己的事情，居然忘了……快给她包扎伤口。”

三个人齐心协力，从桌下抱出那个受伤女子。灯光下，三个人一见到这张女子的脸，顿时惊讶地叫喊起来。

“啊，是三浦荣子！”

从院子水池里捞起冒充她的尸体那天开始，三浦荣子就一直下落不明。可眼下，她却突然出现在北川光雄的房间里。这让在场的三个人惊讶得目瞪口呆，半晌不知如何是好。

“啊，那真是三浦荣子吗？”

“嗯，是的，确实是三浦荣子。”

三浦荣子的身上没有受伤，似乎仅仅是吓蒙而晕倒在地的。她被抬起放到北川光雄的床上后，大家忙着帮她活动肢体。

少顷，三浦荣子终于恢复意识。

也许是察觉到了什么，她两眼不停地扫视房间，像说梦话那样脱口问道：“那家伙呢？那家伙呢？”

少顷，她把目光停留在长田长造的尸体上。

“啊，果然如此！是报应！是报应！啊，我害怕！”她忽然号啕大哭起来。

“荣子小姐，你一直躲在哪里？这房间里刚才到底是怎么回事？”

明智小五郎用平静的语气问道。

三浦荣子没有回答，仍然像个孩子那样哭个不停。终于，她稍稍止住哭泣，边流着泪边轻轻地说：“我对不起大家，对不起大家。”

那模样，好像不是在对某个人道歉。

交　　代

这时，房间外面的走廊上传来了脚步声，接着又传来敲门声。

“北川，北川，这么深更半夜的，到底发生什么啦？快开门！”

使大家感到意外的是，儿玉丈太郎来了。

“明智君，朝着走廊的门上了锁呢！瞧，钥匙还插在锁孔里！”北川光雄听到叔叔的问话声，便跑到房门跟前，随即转过脸对明智小五郎说。

明智小五郎没有说话，点点头。

病情好转的儿玉丈太郎在寄宿生和护士的搀扶下，站在门外的走廊上。

大约一个小时前，儿玉丈太郎听见夹杂着雷声的叫喊声，觉得深更半夜出现这样的叫喊声，一定是发生了什么事，躺在床上辗转反侧怎么也睡不着。

终于，他实在忍耐不住了，决定亲自调查核实，于是硬撑着从床上爬起来，让寄宿生和护士搀扶着找到这里。

北川光雄见到叔叔，简明扼要地汇报了昨天和今天发生的情况：从进入迷宫说到发现宝物，再说到这房间里刚刚发生的情况。

儿玉丈太郎望着死去的长田长造和抽泣的三浦荣子，惊愕得目瞪口呆。

“好，我现在亲自盘问荣子，要她说出这房间里发生搏斗的详细经过。”

儿玉丈太郎走到床前，俯视着三浦荣子厉声责问：“喂，荣子，你到底干了什么？你要让我操心到什么时候？”

三浦荣子没有再哭，抬起头，脸色苍白而憔悴，与以前她的模样简直判若两人。

“对不起，叔叔，都怪我不好。我觉得，我没脸再见你们，干脆死掉算了，可是……”

她像灵魂被魔鬼缠住了似的，开始滔滔不绝地叙述：

“我上当了，长田长造是一个恶魔！秋子小姐，我不该嫉恨你。你不仅长得美丽，还受到大家的主动关爱。可我呢，我现在是悔恨交加。对不起你！

“我的灵魂好像被恶魔紧紧缠住了似的，心态、举止、说话都完全扭曲了。正因为心理的扭曲，加上嫉恨，使我错误地站在秋子小姐的对立面，使鬼点子企图弄清秋子小姐的底细。

“在轻泽家，我变着法儿捉弄过秋子小姐，幸亏北川君及时闯入房间救了她。可那以后，我不仅没从根本上意识到自己的错误，还变本加厉，在背地里到处调查秋子小姐。

“那次在离家外出的途中，碰上钟塔别墅的前业主长田长造。我想，有他这样经历的人，一定知道这幢别墅里发生过的所有事情，也一定会告诉我秋子小姐的底细。

“因为我的直觉告诉我，秋子小姐在这幢别墅里当过女用人。于是，我开始接近长田长造，没多久便与他结了婚。我想，大家一定还记得那次宴会上发生的事情。

“那天晚上，我为了揭露秋子小姐的真实身份，带着长田长造赴宴，企图给秋子小姐难堪，让她当众出丑。可这样的计划，结果还是失败了。因为，长田长造说秋子小姐不是那个女用人。

“后来，长田长造又对我说，叫野末秋子的女人肯定有不可告人的秘密，要不然为什么不分场合始终戴着那奇怪的长手套。如果乘其不备突然摘下她的手套，就可真相大白……

“为弄清秋子小姐手臂上的秘密，我继续寻找机会，最终在书房制造了那起骚乱事件，还制造从书房隔壁房间不翼而飞的假象。”

三浦荣子说到这里停顿了一下。

大家的视线全集中到坐在床上说话的三浦荣子脸上，等待她继续往下说。

“当时，我正在书房隔壁房间与长田长造说话。这时，突然发现北川光雄走了进来。长田长造见状，慌忙翻越窗台消失在窗外。不用说，我以为他回去了。

“去书房的目的，我是打算见到北川光雄，让我再像以前那样回到儿玉丈太郎的家。当然，我把这打算告诉了长田长造。没想到，长田长造要阻止我找北川光雄说这番话。

“他知道这幢别墅的结构情况，假装逃走后，潜入墙里的秘密空间，利用暗道口正面朝着书房的有利条件，瞅准北川光雄看书的机会下了毒手。

“而我根本不知道他那样的阴谋，还把秋子小姐带到隔壁房间，企图在北川君面前揭露秋子小姐的真实身份。当时，我如愿以偿，彻底公开了她长手套里的秘密。

“秋子小姐，对不起！你是无罪的。我从长田长造那里听说了过去的事情，了解到长田长造才是杀害铁老太的真正凶手。”

野末秋子听到这里深深地叹了一口气。

三浦荣子接着又说：“见手臂伤疤的秘密暴露后，秋子小姐真的恼火了，抓住我与我厮打在一起。就在我不小心踩空的时候，听见北川光雄在隔壁房间里的呻吟声。

“秋子小姐急忙推开我，朝北川光雄那里跑去。我忍着疼痛爬起来的时候，发现眼前的墙壁呼地打开了。我吓了一跳，打算逃走，定睛一看，从墙里走出来的是长田长造。

“他向我做了个手势，示意我别吱声。那天，我跟他在墙洞里一直藏到深夜。长田长造说他想出一个好主意，伪造出我被杀害的假象，使用房间里的桌布裹住从长崎医院弄来的尸体，扔入后院的池里。

“他还说，这样一来，可以让警方怀疑凶手是野末秋子，就可以实现我赶走野末秋子的愿望。最终，我听信了他的诡计，任他摆布我。

“那以后，就像大家知道的那样，从那天开始，我变成在这个世界上死去的活人，从此不能与任何人接触，失去了人最向往的自由。

“按照长田长造的吩咐，我在千草屋花店的壁橱里隐居。后来，长田长造见无首尸体的阴谋被明智君识破后，又生一计，设计了另一个陷害秋子小姐的圈套。

“使用与刺北川君那把匕首上相同的毒药，计划杀害我养父。回忆往事，即便现在，我还是浑身颤抖，失魂落魄。可当时的我，脑子里装满了对秋子小姐的嫉恨。

“终于长田长造的阴谋得逞了，中村警长为逮捕秋子小姐来到钟塔别墅。可长田长造还不罢休，又制定了新的罪恶计划。

“他一直深信建造钟塔别墅的人藏有宝物这一传说，开始把目光瞄准宝物。为此，他和肥田夏子勾结在一起。肥田夏子告诉长田长造，《圣经》上的那段文字是真实的，并说那本《圣经》就在北川光雄的房间里。”

大家听到肥田夏子的名字，更为吃惊了。

“于是，长田长造决定潜入这房间寻找《圣经》。平日里一到晚上，我常常趁没人的时候出来到处走走。

“可昨天晚上，我似乎有预感，不知怎么的，变得焦躁不安起来，犹如热锅上的蚂蚁。见长田长造出门便在暗中跟踪他。他果然潜入这房间，于是我也悄悄跟着进来了。

“我隐藏在房间角落里，见长田长造在房门内侧把门锁上，坐到桌前，打开手电筒，开始全神贯注地研究放在桌上的那本《圣经》封面内侧的文字。

“就在他专心致志地琢磨时，外面忽然响起惊天动地的雷声。昏暗的房间里，只见一个奇怪的影子朝桌子那里猛扑过去。这突如其来的举动，把长田长造吓蒙了。

“他当时脸上的模样，仿佛自己遇上了妖魔，大叫一声，接着从椅子上站起来企图逃走。可黑影一把抓住长田长造衣服的胸口部位。

“当时，真不知道肥田夏子的猴子是什么时候进来的，好像是被困在这房间里的。心里有负罪感的长田长造，一直认定房间里时常有养母灵魂出现的传说是真的。

“一看见黑影扑来，长田长造以为幽灵出现了，吓得倒在地上滚来滚去，拼命挣脱。可震耳欲聋的雷声，加上大雨和闪电亮光，使猴子变得歇斯底里，朝长田长造疯狂猛扑。

“于是，长田长造跟被他认定成幽灵的猴子扭打起来，展开你死我活的格斗。当时，我吓得钻到了桌子底下。最终，长田长造打死了猴子。可他或许是由于极度惊恐的缘故，突然间气绝身亡了。

“我躲在桌下听见他发疯般的狂叫，刹那间我也吓得晕死过去了。各位，我要说的全说了，请你们制裁我吧！不管你们怎么惩罚我，我都能接受。”

三浦荣子说完，又放声痛哭起来。

揭　　晓

大家半晌没有说话，默默地望着正在哭泣的三浦荣子。

须臾，儿玉丈太郎说话了，语气很平静："荣子说的，我都听明白了，但你是否握有长田长造杀害铁老太的证据呢？就目前知道的情况来说，他只是在被害的铁老太房间里死亡而已。仅凭你关于他肯定是凶手的说法，在法律上很难成为有力的证据。"

三浦荣子听完儿玉丈太郎的结论，一边抽泣一边摇着头说："虽说没有物证，但是……"

儿玉丈太郎把两臂抱在胸前，叹了口气，显得左右为难。

"叔叔，长田长造确实是真正的凶手。听说，黑川太一律师握有确凿物证……"

北川光雄看了一眼叔叔为难的表情，忍不住在一旁插话。

刹那间，他似乎又察觉到了什么，赶紧“刹车”，没有再往下说。他转过脸，看着明智小五郎和野末秋子。

“啊，糟啦！这是不能说的秘密。黑川太一说要销毁证据……明智君，对不起，我说漏嘴了。”

北川光雄自言自语地说完，神情沮丧，耷拉着脑袋。

“北川君，没关系！不必担心……”

站在旁边没有吭声的明智小五郎，一直在观察案情的变化。这时，只见他笑着走到大家跟前说：

“各位，这个死者长田长造，确实像三浦荣子说的那样是真正的杀人凶手。我已经发现了证明他就是凶手的证据。刚才，北川光雄脱口说，黑川太一握有证据。

“但是，黑川太一说的话是否靠得住，还是一个问题。黑川太一说的话里，有许多是有利于自己的说法。为此，我下过决心，一定要找到确实能证明长田长造就是真正凶手的物证。

“各位，我在发现水池里的那具尸体后，马上去了一次长崎。这，大家一定还记得吧？我怀疑长田长造，就是从那时开始的。

“昨天晚上，我拜访了那家出售尸体的长崎医院。在那家医院里，我更加坚信长田长造就是凶手的结论。其实，他是一个恶棍。

“医院介绍了那个前来购买尸体的人的模样。据我分析，那家伙是化装后去医院的。购买者就是长田长造的结论是可信的。因为，他曾于十年前在这家医院工作过。

“我还调查了铁老太被害案发当天的情况，得知长田长造是铁老太的养子，当时还曾接过受警方的讯问。据说当天他在很远的地方，没有作案时间，故而没有被警方列为犯罪嫌疑人。

“为此，我把侦查视线集中到证明他没有作案时间的证人身上。经过调查，提供这一证词的两个证人，曾经都是长崎医院的职工。当时，他俩与长田长造是要好的同事。

“那起凶杀案件发生前，长田长造去过东京。这两个证人与长田长造，都是那天先后去东京的。偌大的东京，能称得上熟悉长田长造的，就只有他俩。

“证明长田长造当天在东京的，就是这两个人。可昨天晚上，我在长崎医院找到了重要资料。这两个证人中的其中一个最近回到了长崎。我为了找到他，在深夜的大街小巷里一边行走一边打听。

“一遇上行人，我便请他们停下回忆是否见过这模样的人。虽说挨了不少白眼和辱骂，但我不在乎。功夫不负有心人！在拂晓前，我终于找到了这个证人。

“一开始，他摆出极不耐烦的样子，无论我怎么问就是不开口。最终，他似乎有所觉悟了，耐心地回忆了当时的情况，而且一五一十地全对我说了。

“他说，长田长造和他在东京一起工作过。由于事业一直不顺利，最终导致失败。长田长造为逃避自己的责任，采取极不友好的行动，承担了属于他的损失后，与他分道扬镳返回长崎。

“对于长田长造的这种举动，他说他非常恼火，自那以后一直非常痛恨长田长造。我乘机顺水推舟，同情他，附和着说了许多长田长造的坏话。

“于是，他对我说起了多年前的秘密。他说，铁老太是长田长造杀害的。他与另一个同事作伪证，也是长田长造死乞白赖央求的。为堵住他俩的嘴，对他俩进行了贿赂。

“起初，他没让我看长田长造贿赂的东西。我好说歹说，总算让我看了。原来，那是镶有钻石的黄金领带夹。当时，长田长造送给他的是金戒指。他收到后，把它改成了领带夹。

“仔细看，可以清楚看到钻石上有大写字母GCYZ。瞧！这就是那枚领带夹。我对他说，那枚钻石不像是真的，说帮他拿到专家那里鉴定后还给他。

“于是他借给我了，可我的手表押在他那里了……

“秋子小姐，你还记得这枚钻石和那名字缩写吗？”

明智小五郎说完，从口袋里掏出小盒子放在大家跟前。

“啊，这是我养母的。我记得这钻石和上面刻的字，仅仅是戒指变成了领带夹，其他丝毫没变。我养母叫冈村悦子，首字母的缩写是GCYZ。

“她非常喜欢这枚戒指，总是把它放在闹钟上面。后来，那枚戒指不见了。当时，我一再主张寻找那枚戒指。可后来，这枚戒指再没出现过。就这样，戒指失踪一事稀里糊涂地过去了。”

大家听她说完，都不由得松了一口气。

幽灵钟塔别墅里的秘密，终于彻底暴露在光天化日之下。接着，警方进行了更详细的调查，结果证实明智小五郎提供的侦查报告完全正确。

被证实无罪的野末秋子，与儿玉丈太郎和北川光雄一起开始了幸福的生活。

金灿灿的百万金币，不仅葬送了渡海屋市郎兵卫本人的性命，同时还葬送了贪财者的性命。不久，这批宝藏被从地下迷宫运出，由法定继承人儿玉丈太郎毫无保留地全部捐献给了社会事业团体，用于建造学校、医院、研究所和图书馆大楼，用于救济还在苦海里痛苦挣扎的无数贫困者。

经历了这场风波后，三浦荣子决心重新做人，从那以后整天不辞辛劳地忙于社会慈善事业。

在本案即将侦破的时候，肥田夏子不知什么时候销声匿迹了，也许与黑川太一律师等人逃到了国外。

从此，幽灵塔上的钟声更加洪亮，响彻九霄云外。

おわり